D1596925

DISCARDED

"Contribution"
Gwangjin-gu
Seoul Metropolitan City
Republic of Korea

"증"
광진구청장

우리 문학은 우리 문화의 또 다른 창입니다. 한림 출판사는 한국 현대 단편 문학의 숨은 보석과 같은 작품들을 엄선, '글'과 더불어 조화로운 이중주를 연주하기 위한 '그림' 작업을 더하여 세계의 관객을 향해 다가가고자 합니다. 우리의 '한글'과 더불어 세계인과 소통할 수 있는 '영어'와의 이중주를 통해 세계의 무대 위에 서서 우리의 이야기를 시작하고자 합니다. Literature often offers readers a special window into a country's culture. This is especially true in Korea's case, which is in part why Hollym is proud to be associated with this special project that provides readers with a collection of stories presented in both English and Korean, with accompanying illustrations, as it will help people from around the world better understand Korea's time-honored and unique culture. At the same time, it will expose a new generation of readers to many of Korea's most respected authors and short stories.

작가 최인호는 1945년 서울 출생으로 연세대학교 영어영문학과를 졸업하였다. 1963년 서울 고등학교 재학중 단편 「벽구멍으로」가 한국일보 신춘문예에 입선, 1967년 단편 「견습환자」가 조선일보 신춘문예에 당선되어 등단하였으며, 단편 「2와 1/2」로 <사상계> 신인문학상(1967), 「타인의 방」과 「처세술 개론」으로 현대문학상 신인상(1972), 「깊고 푸른 밤」으로 이상문학상(1982), 영화 「깊고 푸른 밤」으로 아시아 영화제 각본상과 대종상 각본상(1986)을 수상하였다. Choi In-ho was born in Seoul in 1945 and graduated from Yonsei University with a degree in English Language and Literature. He entered the literary scene when his short story *Byeokgumeong-euro (A Hole in the Wall)* was accepted for the Hankook Ilbo Sinchun Literature Award in 1963 and formally debuted when *Gyeonseup hwanja (Patient in Training)* won the Chosun Ilbo Sinchun Literature Award in 1967. He has won numerous other prizes, including the Sasanggye New Writer Award in 1967 for *2 wa 1/2 (2 and 1/2)* and the Contemporary Literature New Writer Award in 1971 for *Tainui bang (Another Man's Room)* and *Cheosesul gaeron (An Introduction to the Art of Living)*. In 1982, he won the Yi Sang Literature Award for *Gipgo pureun bam (Deep Blue Night)*, which was later made into a movie, the script of which also received a award at the Asia Film Festival as well as the Daejong Award in 1986.

번역자 공유정은 University of Illinois at Urbana-Champaign에서 Comparative and World Literature 프로그램의 박사과정 중에 있으며 한국현대문학과 종교와 문학을 연구하고 있다. Yoo-Jung Kong is a doctoral candidate in the Program in Comparative and World Literature at the University of Illinois at Urbana-Champaign. She specializes in modern Korean literature and religion and literature.

일러스트레이터 이준희는 국민대학교 시각디자인학과를 졸업, 미국으로 건너가 School of Visual Arts 대학원에서 일러스트레이션을 공부하였다. TIME지, 뉴욕타임즈, LA타임즈, 동아일보, 삼성, KTF 등의 클라이언트를 위해 일러스트레이션 및 애니메이션을 제작한 바 있다. 현재는 국민대학교 조형대학의 교수로 재직하고 있다. Jacob Joonhee Lee graduated from the Visual Communication Design department at Kookmin University before studying Illustration at School of Visual Arts in New York. He has produced illustrations and animations for numerous clients including *TIME* Magazine, *The New York Times, LA Times, Dong-a Ilbo*, Samsung, and KTF. He is a full-time lecturer in Animation/ Illustration at Kookmin University in Seoul.

한림 단편소설 시리즈를 기획하고 제작한 스튜디오 바프는 책의 컨셉에서부터 제작에 이르는 북프로듀싱의 전 과정을 관장하며 책의 기획에 부합하는 일관성 있는 디렉션을 통해 글과 그림과 디자인을 아우르는 일을 전문으로 하고 있다. 다수의 출판사와 기업, 미술관의 책을 기획하여 프로듀싱한 바 있다. The Hollym Short Story Series was planned and produced by studio BAF, experts in combining literary works with illustrations and designs in a manner that matches specific project goals, who oversee the entire process from conceptualization to production. They have worked on projects and produced books for numerous publishing companies businesses and art museums in Korea for over 10 years.

나는 자유인이다. 나는 속박에서 풀려났다. 나는 해방되었다.
나는 내 방을 그들로부터 빼았았다.

I'm a free man. I'm free of the shackles. I've been liberated.
I've taken my room back from them.

개미의 탑 Tower of Ants

1판 1쇄 발행_ 2004년 5월 31일

지은이_ 최인호
옮긴이_ 공유정
그린이_ 이준희
꾸민곳_ 스튜디오바프
　　　　프로듀서/크리에이티브 디렉터: 이나미
　　　　진행/디자인: 김선희, 이여형

펴낸이_ 함기만
펴낸곳_ 한림출판사
　　　　진행/편집: 이희정
등록_ 1963년 1월 18일(제1−443호)
주소_ 서울 종로구 관철동 13-13, 우편번호 110−111
전화_ (02)735−7551~4 팩스_ (02)730−5149
홈페이지_ http://www.hollym.co.kr
이메일_ info@hollym.co.kr

First published in 2004 by Hollym International Corp.
18 Donald Place, Elizabeth, NY 07208, USA
Phone: (908) 353-1655 Fax: (908) 353-1655
http://www.hollym.com

Published simultaneously in Korea by Hollym Corporation; Publishers
13-13, Gwancheol-dong, Jongno-gu, Seoul 110-111, Korea
http://www.hollym.co.kr E-mail: info@hollym.co.kr

ISBN 1-56591-202-0
Library of Congress Control Number: 2004103836

Printed in Korea

Tower of Ants

개미의 탑

Hollym

Elizabeth, NJ · Seoul

1

싸움은 전혀 우연히 시작되었다.

그의 옆에서 잠을 자던 여인이 아침 무렵에 소프라노의
비명을 질렀다.

그가 웬일인가 하고 눈을 떴더니 여인은 갑자기 발가벗은
채 벌떡 일어나 목욕탕으로 달려갔다.

그는 간밤에 엉망으로 술을 마셨으므로 무슨 일이 일어났
나 상반신을 일으키려니까 머리가 찢어지는 듯 아팠다.

여인은 수돗가에 물을 틀어 놓고 찬물을 입안에 넣어 헹
궈 대고 있었다.

그러면서 여인은 세면대에 토하기 시작하였다. 모가지를
꺾고 세면대에 머리를 처박은 채. 돌연한 구토증이었으므로
그는 여인의 목뒤를 쳐줄 생각도 없이 세면대에 쏟아지는
누우런 위액을 망연히 쳐다보았다.

그는 아무래도 이 여인은 미친 여인이라고 단정을 내릴
수밖에 없었다. 하기야 어떻게 해서 이 여인이 그의 방까지
걸어와 잠을 자고 있는가 뚜렷이 기억조차 되지 않았다.

타는 듯한 새벽 갈증에 일어나 수도의 꼭지를 틀어 찬물

The battle began completely by chance.

The woman who had been sleeping next to him let out a soprano scream near dawn.

As he opened his eyes, wondering what was going on, the woman suddenly jumped up and ran to the bathroom, naked.

He tried to sit up, thinking something might have happened after his drinking fit the night before, and found he had a splitting headache.

The woman had the faucet running and was rinsing out her mouth with cold water. She started throwing up into the sink, her neck bent and head shoved in the basin. Since she began to vomit so suddenly, he just stared blankly at the yellowish gastric juices gushing out into the sink, not even thinking to help her by patting her on the back.

을 잔뜩 마시고 돌아서려니까 그의 옆에 벌거벗은 여인이 누워 있었다. 새벽 미명에 차 내려진 이불로 여인의 벌거벗은 육체가 드러나 있었다. 살찐 엉덩이가 수축하여 긴장하여 있었고 팽개쳐 버린 가발이 침대 옆에 뒹굴고 있었다.

그는 도대체 이 낯선 여인이 왜 자기 옆에 벌거벗고 누워 있는 것일까 잠시 생각해 보았다.

그러나 혼탁해진 머리로는 도저히 그 이유를 알아낼 수 없었다. 마구 퍼마셔 댄 간밤의 기억은 낡은 필름이 타 버린 것처럼 단절되어 계속해서 떠오르지 않았다.

그는 자기 옆에 누워 있는 여인의 존재에 대해 생각하기를 보류하고 끊긴 잠을 잇기 위해서 다시 눈을 감았다. 곧 깊은 잠이 들었다. 짧은 꿈속에 빠졌다가 여인의 비명 소리로 눈을 뜬 것이었다.

여인은 한참을 토했다. 토할 때마다 여윈 여인의 목 줄기가 생선 가시처럼 오르락거렸다. 교살당하는 개의 근육처럼 경련하여 떨면서. 더 이상 토할 것이 없었는지 여인은 눈물을 흘리면서 그를 보았다. 화장이 번져 물감을 개어 놓은 팔레트처럼 어지러져 있었다.

"칫솔을 좀 주시겠어요?"

He couldn't help but conclude that this woman was crazy. In fact, he didn't even clearly remember how she had come to be in his place and to sleep there.

Having awoken at dawn with a burning thirst, he had returned to bed after gulping down some cold water from the faucet and found this naked woman lying next to him. The blanket had been kicked off, exposing her bare body to the morning gray. Her plump buttocks looked tense and tight and a wig lay tossed on the floor next to the bed.

He had contemplated for just a moment why this strange woman was lying naked next to him.

But in his muddled state of mind, he couldn't figure out the reason. Memories of his drinking binge the night before were interrupted like an old roll of film and he couldn't recall anything.

He had decided to postpone any further thoughts about the existence of this woman lying next to him and had closed his eyes to try to catch a little more sleep. He had soon fallen into a deep slumber and was immersed in a short dream, when he was awoken by the woman's scream.

The woman vomited for a long time. Every time she heaved, her skinny neck moved up and down like a fishbone. Convulsing and shaking like the flesh of a dog being strangled to death, she looked at him with tears flowing down her face, perhaps with nothing left to vomit. Her makeup was smeared and messy like a used palette.

"Could you give me a toothbrush?"

He didn't have an extra one, so he handed her the one he had been using. He also gave her an old twisted tube of toothpaste, which she began to roll up around the toothbrush. A little just barely squeezed out the top.

The woman began to brush her teeth furiously.

그는 여분의 칫솔이 없었으므로 그가 쓰던 칫솔을 건네주었다. 말라비틀어진 치약을 함께 주자 여인은 치약 껍질을 칫솔대로 감아 올리기 시작했다. 간신히 치약 모가지로 치약이 솟아올랐다.

여인은 사납게 이를 닦기 시작하였다. 거품을 물고 여인은 흘깃 그를 보았다. 전혀 못생긴 여인이었다. 주근깨가 얼굴에 새카맣게 덮여 있었다.

"벌레예요."

여인은 웅얼거렸다.

그러나 입에 잔뜩 치약 거품을 물었으므로 그 말이 정확하게 들려지지 않았다. 그는 여인이 "병났어요."라는 말을 중얼거렸다고 생각하였다.

"어디 아파?"

그는 되물었다. 그러나 여인은 고개를 흔들었다. 치약 거품을 타악 뱉고 나서 여인은 말했다. 얼굴에 치약 거품이 튀었다.

"벌레라구요."

"벌레?"

그는 말을 받았다.

With her mouth full of foam, she quickly glanced over at him. She was downright ugly. Dark freckles covered her face.

"I think it was an insect," the woman muttered.

Since her mouth was full of foam, he couldn't hear her clearly. He thought she had mumbled "I think I'm sick."

"Where does it hurt?" he asked.

At that, the woman shook her head. After spitting out the foam, she spoke again. Some splattered on her face.

"I think it was a bug."

"A bug?" he replied. "What do you mean by a bug?"

"I don't know," said the woman. "I'm not sure what it was. You know the apple I was eating last night? I was drunk, so I fell asleep after eating about half of it. When I woke up this morning, I was still holding it in my hand. So I took a bite

"벌레라니?"

"몰라요."

여인은 대답했다.

"뭔지 모르겠어요. 간밤에 먹던 사과 있잖아요. 반 먹다 남긴 사과. 술이 취해서 사과를 반쯤 먹다 잠이 들었어요. 아침에 눈을 뜨고 나니 손에 사과가 쥐어져 있었어요. 그래서 다시 무심코 사과를 먹으려고 한입 베어 물었더니 글쎄 그 사과에 벌레들이, 벌레들이……."

여인은 다시 욕지기를 했다.

그는 욕실을 뛰쳐나왔다. 침대 쪽으로 다가가 보니 사과가 나뒹굴어져 있었다. 크고 붉은 사과였다. 껍질을 벗기지 않고 한 입씩 베어 먹었는지 붉은 껍질 표면 안쪽에 사과의 흰 속살이 불규칙하게 잘려져 있었다. 사과의 흰 속살과 껍질 사이의 경계 면에는 잇몸에서 배어 나온 피가 연하게 묻어져 있었다.

그는 사과를 들여다보았다. 순간 그는 흰 사과의 속살에 무수히 많은 점들이 새까맣게 매어 달려 있는 것을 보았다.

그것은 얼핏 보면 검은 빛깔의 덩어리여서 마치 붉은 사과 껍질 속에 검은 내용물이 충만 되어 있는 것처럼 보였다.

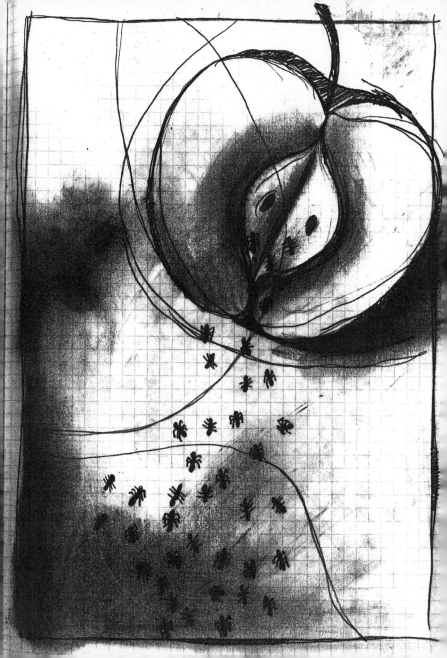

and then, there was this bug, bug...."

The woman began to retch again.

He bolted out of the bathroom. As he approached the bed, he found the apple dropped on the floor. It was a big, red apple. Instead of peeling it, she had taken big bites through the skin, and the white flesh of the apple showed through here and there. On the border between the white flesh and the peel was a faint smear of blood from her gums.

He looked inside the apple. Just then, he saw countless, dark dots hanging on the white flesh. At a quick glance, it was just a dark mass, so that it looked like the inside of the red apple was dark.

Except it was moving.

He looked more carefully. He was stunned to find that this was a pattern formed by the gathering of countless ants. Just as the bright sun is swallowed by a dark shadow during an eclipse, the white flesh of the apple was being devoured by this stubborn throng of ants.

The woman would have bitten into the apple unwittingly. The moment she began to chew, instead of feeling something fragrant and smooth, she must have felt as if she were chewing sand. She probably screamed as soon as she realized that she was chewing ants instead of an apple.

He could now understand why she had screamed. Still, he was angry that she had interrupted his sleep and, more than that, furious that all these ants could have gathered in this one place.

It would be a different case altogether if he had accidentally discovered a few ants. What he found unfathomable was this swarm of thousands of ants gathered for a specific purpose.

Not once had he felt the existence of the ants since he moved into the apartment a month ago.

그러나 그 검은 내용물들은 움직이고 있었다.

그는 자세히 들여다보았다. 놀랍게도 그것은 수많은 개미들이 모여서 이룬 무늬였었다. 마치 일식(日蝕) 때 밝은 태양을 먹어 들어가는 어두운 그림자처럼 사과의 흰 속살은 집요하게 군집한 개미들의 무리로 침식되어 있었다.

여인은 무심코 사과를 베어 물었을 것이다. 순간 사과를 씹었을 때의 향기롭고 부드러운 느낌이 아니라 무언가 모래를 씹었을 때와 같은 느낌을 받았을 것이다. 사과를 먹은 것이 아니라 개미를 씹었다는 것을 느낀 순간 여인은 비명을 질렀을 것이다.

그는 비명을 지른 여인의 행동을 이해할 수는 있으리라 생각되었다. 그러나 겨우 끊겼던 잠을 방해한 것에 그는 분노를 느꼈으며 그보다도 도대체 어떻게 해서 이렇게 많은 개미들이 한곳에 모일 수 있을까 하는 데에 울분을 느꼈다.

우연히 몇 마리의 개미를 발견하였다면 또 모른다. 그러나 정확한 목표에 집중된 수천 마리의 군집(群集)은 도저히 이해할 수 없는 일이었다.

이 아파트로 이사 온 지 한 달 동안 그는 한 번도 개미의 존재를 느껴 본 적이 없었다. 이 아파트는 새로 지은 아파트

This was a newly built apartment and he was the first occupant. It was so new that one could still smell the wallpaper glue.

He just couldn't understand why these ants, which should be outside gathering dirt to block the entrance of their nest at the approach of a storm or storing sap, dead insects, or crumbs from a picnic in the maze they formed below the earth, were in his new apartment. They had not intruded by accident, but were making his living space the very site for their struggle for existence and harassing him by forming packs and targeting the fragrant, sweet juice of a half-eaten apple.

Although this was the first time that he sensed the existence of the ants, they may well have been crawling all over his apartment, discovering food and using their collective strength to move it into their own quarters somewhere deep. The very thought made him uncomfortable. Even after the

였으며 그가 첫 번째의 입주자였다. 아직 벽면에 바른 벽지의 풀냄새가 채 마르지 않은 신방(新房)이었다.

그런데도 산야나 초원 혹은 공터에서 큰 비가 내릴 것 같으면 개미집 근처에 흙을 물어다가 입구를 봉쇄하고, 풀잎의 진이나 싸우다 죽은 벌레, 소풍 나와 먹다 흘린 과자 부스러기를 주워서 그들이 만든 땅 밑의 미로 속에 저장해 두어야 마땅할 개미들이 그가 사는 새로 지은 아파트에서, 그것도 우연히 끼어든 것이 아니라 그들 생존의 전쟁터를 그의 살림터로 잡고 그가 먹다 남긴 사과의 향기롭고 달디단 즙액을 향해 정확히 떼를 이루고 괴롭힌다는 것은 도저히 이해할 수 없는 행위였다.

아니 개미의 존재를 비로소 느낀 것은 이번이 처음이지만 실제 개미들은 느끼지 못하는 사이에도 그가 살고 있는 방과 거실을 집요하게 쏘다니며 먹이를 발견하고 힘을 합쳐 그들의 깊은 방으로 운반하고 있었을지도 모른다. 그는 불쾌했다. 여인이 돌아와 다소 호들갑을 떨어 미안하다는 표정으로 그의 목을 껴안고 아양을 떨었을 때도 그는 그 개운치 않은 감정이 쉽사리 사라지지 않는 것을 느꼈다.

"뭐예요? 뭐였죠?"

woman came back to bed and made a fuss, coquettishly embracing his neck and looking apologetic, he sensed that this feeling of unease would not fade easily.

"What was it?"

"Ants," he replied.

"Ants?" The woman frowned. Then she started to cackle and laugh. "Just ants? I thought it was a centipede or something."

"There were thousands of them."

"Oh, disgusting. What in the world…."

The woman snorted, seemingly relieved, but the sense of relief and peace turned into a piercing scream, only moments later.

Women have this inexplicable tendency to take pleasure in doing household chores for men, even for those they have just met. For example, even at first acquaintance, they instinctively enjoy washing a man's socks or shirt, or get excited

"개미."

그는 대답했다.

"개미요?"

여인은 낯을 찌푸렸다. 그러다가 깔깔대며 웃었다.

"겨우 개미였어요? 난 무슨 지네인 줄만 알았어요."

"수천 마리였어."

"징그러워라. 개미들이 웬일들일까."

여인은 겨우 안심이 되었다는 듯이 콧소리를 내었다. 그러나 이러한 안심과 평온은 잠시 후 또다시 날카로운 비명소리로 변하고 말았다.

여인들은 이상하게도 전혀 처음 만난 남자에게도 가정적인 서비스를 즐겨 하는 속성이 있다. 일테면 처음 본 여인이라도 남자의 양말이라든가, 와이셔츠들을 빨아 주는 데 본능적으로 즐거워한다든지 아니면 밥을 해주거나 커피를 끓여 주는 데 자기 일처럼 신이 나 하는 법이다. 여인도 실오라기 하나 걸치지 않은 알몸 위에 그의 큰 와이셔츠를 걸치고 석유곤로 위에 물을 올려 데우며 커피 물을 끓였다. 그녀는 큰 소리로 노래까지 부르고 있었다.

일요일, 열린 창문으로 햇살이 눈부시게 쏟아져 들어오고

about cooking a meal or making coffee, as if they were doing these things for themselves. This woman, likewise, draped his big shirt around her naked body and began to boil water on the gas stove to make some coffee. She even sang in a loud voice.

It was Sunday. Through the open window, blinding sunlight poured into the room and the ringing of church bells could be heard. The savory smell of coffee filled the entire apartment.

"Here. Have some coffee," the woman cried out, as she approached, carrying the steaming coffee and the sugar container on a steel tray. He got up, throwing aside the newspaper he had been reading, and sat down in a chair. A sporting event was being broadcast on the television.

"How many spoons of sugar do you take?"

"One."

He yawned and stretched.

있었고 교회의 종소리가 들려오고 있었다. 커피 끓이는 냄새가 구수하게 온 방 안을 가득 채우고 있었다.

"커피예요, 커피."

여인은 철제 받침대 위에 김이 무럭무럭 피어오르는 커피와 설탕 종지를 받쳐 들고 소리를 지르면서 그에게로 다가왔다. 그는 읽던 신문을 던지고 일어나 의자에 앉았다. 텔레비전에서는 운동경기를 중계하고 있었다.

"설탕을 몇 스푼 넣으시죠?"

"한 스푼."

그는 기지개를 켰다.

여인은 알겠다는 듯 익숙하게 설탕 종지 뚜껑을 벗기고 스푼을 설탕 종지 속으로 가져갔다.

순간 여인은 비명을 지르면서 일어났다. 애써 끓인 커피잔이 쏟아져 넘어졌다. 그는 신음 소리를 내며 여인을 노려보았다.

"왜 그래?"

"벌레예요. 개, 개, 개미들이에요."

"개미?"

그는 그녀가 가리키는 설탕 종지 속을 들여다보았다.

The woman opened the sugar container in a familiar way and began to dip the spoon. The next moment, she jumped up screaming. The coffee cup fell over, spilling what she had so carefully prepared. He groaned and scowled at her.

"What now?"

"Bugs. Aaaants."

"Ants?"

He looked inside the container. Dark sugar, dark moving sugar. It was an awful sight. Ants as small as individual grains of sugar covered the entire surface of the white sugar. They were squirming around like live sugar grains in the small container.

How could they possibly have crawled up its smooth surface? And how were ants as tiny as grains of sugar able to break through the crack under the heavy lid and form such a mass?

More than that, how did they know the location of the sugar they were targeting and gather in such a horde?

Did ants have a sense of smell? Or did they have supernatural powers to see through thick walls? Was there a language that only they used to communicate with each other?

Perplexed, he stared dejectedly into the container.

"What should we do?"

The woman looked up at him.

She was visibly shaking. No doubt about it, she was terrified of the ants. From shock the first time to terror the second.

He picked up the spoon and began to transfer the ants into the empty coffee cup, one spoonful at a time. He couldn't sacrifice the remaining sugar just to kill the ants.

He carefully scooped up, as if they were sugar,

검은 설탕, 움직이는 검은 설탕.

놀라운 일이었다. 미세한 설탕의 결정체만큼이나 작은 개미들이 흰 설탕의 표면을 뒤덮고 있었다. 그래서 그들은 마구 살아 있는 설탕처럼 일제히 꿈틀대고 있었다. 작은 설탕 종지 안에서.

도대체 이 매끈매끈한 설탕 종지의 표면을 어떻게 개미들이 타고 오를 수 있었던 것일까? 또한 설탕의 결정체만큼이나 작은 개미들이 어떻게 무거운 설탕 종지와 뚜껑 사이의 좁은 구멍을 비집고 들어가 무리를 이룰 수 있었던 것일까?

그보다도 도대체 어떻게 개미들이 그들이 목표하는 설탕의 위치가 그곳에 존재하는 것을 알았으며, 그리하여 저처럼 엄청나게 모여들어 떼를 이룰 수 있단 말인가?

개미들에겐 냄새를 맡을 수 있는 능력이 있는 것일까? 아니면 두꺼운 벽을 꿰뚫어 볼 수 있는 초능력을 가지고 있는 것일까? 자기들끼리 통하는 언어가 존재하고 있는 것일까?

그는 난감해서 우울하게 설탕 종지를 들여다보았다.

"어떡하죠!"

여인은 나를 올려다보았다.

그녀는 눈에 띌 정도로 몸을 떨고 있었다. 개미에게 공포

these ants that were clumped together, squirming, quivering, and moving their six legs.

He put them all in the coffee cup and poured hot water over them. The ants floated to the top. Frantically wriggling their legs.

He opened the window and threw them out. He was suddenly struck by the realization that ants definitely existed close by.

It wasn't just one or two ants. He awoke to the fact that even during those times when he was sleeping, lying down taking a smoke, or otherwise off his guard, insects living in every corner of this room, the ceiling, the bathroom, and the kitchen, were talking to each other, thronging together and surrounding his living space. He realized that they were secretly watching and observing him, acting in concert without any hesitation once a target was determined, marching toward the food in a collective pack, a collective attack, and a

를 느끼고 있었음에 틀림이 없었다. 처음엔 놀라움에서, 두 번째에는 공포를.

그는 스푼을 들어 개미를 한 스푼씩 떠서 엎질러진 커피 잔 속으로 옮겼다. 아직 충분히 남아 있는 흰 설탕을 단지 개미를 죽이기 위해 희생시킬 수는 없었다.

그는 조심스레 꿈틀거리며, 흔들리며, 여섯 개의 발을 움직이면서 서로 엉겨 뒹굴며 어우러져 있는 개미를 설탕처럼 떠올렸다.

그것을 커피 잔에 모아 그는 커피 잔 속에 뜨거운 물을 부었다. 개미들은 더운 물 속에 둥둥 떠올랐다. 필사적으로 발을 버둥거리면서.

그는 창문을 열고 개미를 버렸다. 이제는 분명히 주위에 개미가 존재하고 있다는 실감이 그의 머리를 때렸다.

한두 마리의 개미가 아니다. 그가 자고 누워 담배를 피우며, 방심하고 있을 시간에도 방 안 구석구석에서, 천정에서 욕탕에서 부엌에서 살아 있는 벌레들이 서로서로에게 얘기를 하고 떼를 지어 그가 살고 있는 주위로 맴돌며 염탐을 하고 감시하고 그리고 목표가 정해지면 주저함이 없이 먹이를 향해 행군하는 집단의 떼, 집단의 공격, 집단의 시위가 가까

collective demonstration. He wouldn't have minded, even if they surrounded him looking out for his blind spot, if they had gone after things he didn't use very often.

If, for example, they were like the diseased rat that dug through his garbage can, or the stray cat that ran past the apartment wailing like a baby and lay in wait for some rotten fish, or even the cockroach that avoided human eyes and sneaked out from the cracks on the lookout for leftovers, he wouldn't have been concerned.

Ants, however, existed near humans like shadows. If they were to go after half-eaten apples and sugar, and not only those items, but everything that he owned—the cookies, honey, grains and side dishes—then he would naturally have to fight them.

What is more, since ants had not developed feelers to detect human presence, once they

운 곳에서 벌어지고 있다는 사실을 분명히 그는 깨달았다. 그것이 그의 주위를 끊임없이 맴돌면서 그의 허점을 노려보고 있다손 치더라도 그가 별로 사용하지 않는 물건에 욕심을 낸다면 그는 개의치 않았을 것이다.

이를테면 그가 먹다 버린 쓰레기통을 뒤지는 병든 쥐거나, 밤마다 아파트를 이쪽에서 저쪽으로 스쳐 지나가는 애 울음소리를 내는 도둑고양이처럼 썩은 생선을 노린다면, 또한 사람의 눈을 피해 가구의 틈 사이에서 음흉하게 나타나 썩은 반찬을 노리는 바퀴벌레라면 그는 개의치 않았을 것이다.

하지만 개미들은 인간의 곁에 그림자처럼 존재하고 있는 것이다. 그들이 먹다 남긴 사과의 단물을 향해 달려들고 설탕을 향해 모여들고 비단 사과와 설탕뿐 아니라 그가 가지고 있는 모든 것, 과자와 꿀, 곡류와 반찬 그 모든 것을 향해 덤벼든다고 하면 그는 마땅히 개미들과 싸우지 않으면 안된다고 생각하였다.

더군다나 이 개미들은 인간의 존재를 알아차리는 촉각은 발달되어 있지 않아서 목표가 정해지면 방해물이 있어도 정해진 일정한 방향을 향해 돌진하는 것이다.

개나 고양이나 쥐들은 인간의 모습이 보이지 않는 곳에서

decided on a goal, they charged ahead in that one direction even if they met obstacles along the way.

While dogs, cats, and rats gnawed on doorsills or licked rotten fish bones away from the sight of humans, ants were not affected by the smell of humans or their threatening voices but simply rushed ahead toward their desired goal.

He, in fact, later confirmed this when he saw a row of ants marching rank and file toward some sugar and placed obstacles, such as a couple drops of water or a book of matches, in their path. The ants simply rushed ahead, even recklessly, on the once traveled route.

Like acrobats performing in a straight line, they tried not to deviate from the predetermined path. In the same way that a racehorse with blinders can only see straight ahead.

Actually, he had once seen a patient at a mental

이빨로 문턱을 갉고 썩은 생선의 가시를 핥지만 이 개미는 인간의 냄새나 위협적인 목소리 따위엔 아랑곳없이 자기들이 원하는 목표만을 향해 질주하고 있는 것이다.

실제로 뒤에 그가 단 설탕을 향해 모여드는 일렬횡대의 개미 행렬을 보았을 때 그 개미의 진로에 방해물, 일테면 일부러 떨어뜨린 두어 방울의 물이라든가, 성냥갑 따위를 가설해 놓는다고 해도 개미들은 한 번 다녀갔던 그 길만을 무모하리만큼 단순하게 돌진하고 있는 것을 확인했었다.

마치 줄 위에서 곡예를 하는 곡예사처럼 한번 정해진 행로 이외에는 절대로 이탈하려 하지 않았던 것이다.

경주용 말 양옆에 검은 안대를 붙여 놓아 말의 눈엔 일직선상의 목표물만 보이게 하듯이.

실제 그는 언젠가 정신병원에서 미친 환자 하나가 그가 피우던 담뱃갑을 훔치기 위해 다가오는 것을 본 적 있었다.

그는 담배 주인의 눈치 따위는 아예 보려 하지 않았다. 그는 자신의 행동을 감시하는 타인의 눈 따위엔 관심이 없었다.

그는 맹목적으로 담뱃갑을 향해 발소리를 죽이면서 다가오고 있었다. 우스꽝스럽게 발꿈치를 들고서. 그는 그의 담뱃갑을 노리는 환자의 바로 눈앞에서 담뱃갑을 들어 반대편

hospital approach him to steal his pack of cigarettes. The man was not even conscious of the owner. Nor was he concerned about such a trifling thing as another person observing his actions.

He blindly approached the pack of cigarettes, softening his footsteps. Ridiculously walking on his tiptoes.

He had tried picking up the pack of cigarettes right in front of the patient's eyes and placing it on the opposite side of the table. The patient continued to keep his eyes only on the pack of cigarettes and showed absolutely no awareness of the gaze of the other who had moved it. The patient softened his footsteps again and stealthily approached.

He was crazy. In the same way, ants were crazy too.

Only rushing ahead toward their desired goal,

에 놓아 보았다. 여전히 그 환자는 담뱃갑에만 눈을 두고 있었을 뿐 그것의 존재를 움직여 놓는 타인의 시선에는 전혀 느낌이 없어 보였다. 환자는 또다시 발소리를 죽이면서 그가 옮긴 담뱃갑을 향해 살금살금 다가가고 있었다.

그는 미쳐 있는 것이다. 마찬가지로 개미들도 미쳐 있었다.

그들은 그들이 구하려는 목표로 돌진만 하고 있을 뿐 그 물건들의 주인에 대한 어떠한 두려움도 경외감도 전혀 결여되어 있었다.

그는 이 개미들을 피하려면 그들이 원하는 먹이들을 봉쇄하여 그들이 침입해 온다 하더라도 그 침입이 헛된 것이라는 것을 알게 해주거나 그것도 불가능하다면 그 개미들을 닥치는 대로 죽여야 한다고 단정을 내렸다.

커피를 마시고 그들은 밀린 정사를 나누었다. 커튼을 닫으려 하지 않고 열린 창문을 그대로 내버려 두었으므로 거리의 소음이 방 안으로 밀려 들어오고 있었다.

침대 위엔 강렬한 햇빛이 쏟아져 들어왔다. 그 빛 가운데 여인은 발가벗고 누웠다. 달디단 설탕을 핥듯이 그는 여인의 몸뚱이 여기저기를 혀로 핥았다. 여인은 끓인 설탕처럼 녹아 꿈틀거렸다. 그의 머릿속에 갑자기 어릴 때 끓여 녹인

they lacked even the slightest fear or dread of the owner of those goods.

He concluded that to get rid of these ants, he would have to either show them that their invasion was useless by tightly sealing up the food they wanted or kill all the ants he could get his hands on.

After drinking their coffee, they performed the delayed sexual act. Since they left the curtains and the window open, the noise from the street pressed into the room. Bright sunlight fell onto the bed. The woman lay naked in the light. He licked her body here and there, as if he were licking sweet sugar. She melted and squirmed like boiled sugar. Suddenly he recalled memories from his childhood of liquefied sugar being poured into molds and made into the shapes of birds and butterflies. The vendor would carefully cut a small circle in the bird made out of sugar

설탕물을 주형에 부어 새 모양이라든가 나비 모양을 만들던 기억을 상기했다. 용의주도한 장사꾼은 설탕으로 만든 새의 모양 한가운데 조그마한 원을 찍어 놓고 그 원을 파괴하지 않고 가져오면 또 하나의 새를 준다고 유혹하였다.

그는 그 원을 부숴뜨리거나 혀로 녹이지 않기 위해 진땀을 흘리며 노력을 하였고 그러나 번번이 작은 원은 그의 끈끈한 혀에 무너져 녹아 버리곤 하였었다.

그는 그 원을 무너뜨리지 않으려는 것처럼 여인의 몸뚱이를 핥았으며, 신(神)은 그녀의 성기 위에 동그라미를 찍어 놓아두고 있었다. 여인의 몸뚱이는 녹인 설탕으로 빚은 형상으로 누워 꿈틀거렸다.

그는 그녀의 넓적다리에서 개미 한 마리가 매끄러운 살결 위로 굴러 떨어지지 않으려고 필사적으로 매어달려서 기어가고 있는 것을 보았다. 이 녀석은 여인의 넓적다리에서 무엇을 구하려 하는 것일까?

그는 손톱으로 그 개미를 꼬집어 눌러 죽였다. 신음 소리를 내던 여인은 놀라 비명을 지르며 일어섰다.

"아파요."

여인은 눈을 하얗게 흘겼다.

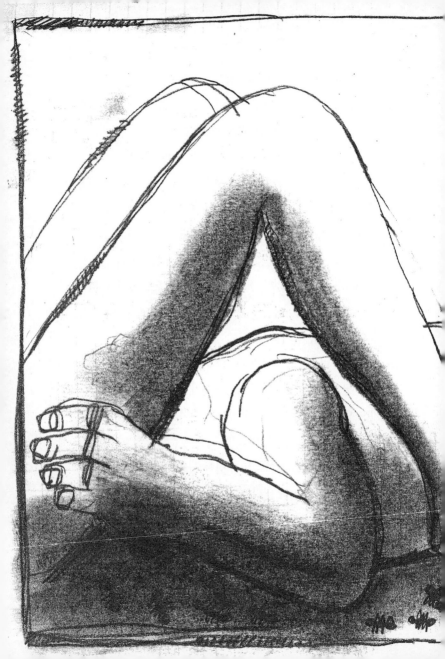

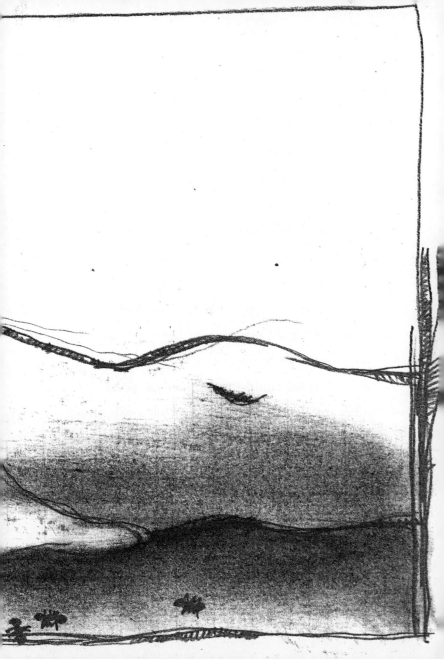

and tempt the children by offering to give another to the one who could bring the circle back intact.

He would break out in a sweat trying not to break or melt the small circle, but every time it would crumble and melt at the touch of his sticky tongue.

He licked the woman's body as if he were trying to not break the circle; God imprinted a circle on the woman's genitals. The woman's body lay quivering in the form made by the melted sugar.

He saw an ant crawling on her thigh, hanging on desperately to her smooth skin, trying not to fall off. What could this little rascal possibly be after on her thigh? He crushed the ant to death with his fingernail. The woman who had been moaning sat up screaming.

"That hurts."

The woman scowled at him.

"That's a terrible prank. You scared me."

"짓궂어요. 깜짝 놀랐잖아요."

"개미야."

그는 발기한 그의 성기를 여인의 몸 속으로 집어넣으며 웃었다.

싸움은 이렇게 시작되었다.

2

여인을 떠나보내고 나서 그는 하루 종일 개미와 씨름하였다.

그는 우선 방 안을 뒤져 개미가 어느 곳에 존재하고 있는 가를 찾아보았다. 개미는 군집하여 있지 않으면 얼른 눈에 띄지 않는다. 왜냐하면 개미는 먼지처럼 작았으므로.

땅바닥에 엎드려 주의 깊게 살펴보면 그러나 여기저기 외로운 개미들이 혼자서 걸어 다니고 있는 것을 발견하게 된다. 마치 일행의 무리에서 홀로 소외된 낙오병과 같이.

때로는 벽면의 저쪽을, 때로는 벽면의 이쪽을, 때로는 펼쳐 놓은 신문지 속을, 때로는 던져 놓은 속옷을, 여기저기서 낙오된 개미들은 부지런히 쏘다니고 있다. 그는 왜 그들이

"There was an ant."

He laughed as he inserted his erect member into the woman.

The battle began like this.

2

After seeing the woman off, he wrestled with the ants all day.

He started out by searching the apartment and looking for places where they might be. Ants were not easily noticeable unless they were in a group. Since they were as small as dust particles.

By lying on the floor and carefully looking around, he could discover here and there lonely ants crawling around by themselves. Much like lagging soldiers separated from the rest of their unit.

먹이와는 상관없이 외로운 산보를 혼자 행하는 것일까 매우
궁금하였다. 그들의 행진은 아무런 의미가 없어 보였다.

그러나 그는 좀 후에 그들의 산보가 무엇을 의미하는가
하는 것을 알게 되었다. 우연히 햇살 밝은 방의 한가운데를
걸어가는 개미 앞에 그는 설탕 부스러기를 흘려 놓아 보았다.

개미는 근시안이었으므로 자기 주위에 돌연 낙하된 횡재
를 발견하지 못하였다. 개미는 한 치의 앞밖에는 보지 못한
다. 개미는 무심코 앞으로 돌진하려다가 무언가 장애물이
그의 눈앞에 놓여 있는 것을 발견하였다. 개미는 머뭇머뭇
설탕 앞으로 다가왔다. 조심스레 더듬이를 설탕의 결정체에
부딪쳐 보며 그것이 그가 그토록 찾아 헤매는 설탕임에도
불구하고 오랫동안 그 물질에 대한 탐사를 계속하였다.

물러섰다가 다시 다가가 부딪쳐 보며 되돌아서 설탕을 주
위로 해서 몇 번이고 원을 그리며 맴돌았다.

갑자기 그것이 설탕이라는 확신이 섰는지 개미는 돌연 설
탕의 무더기에서 등을 보였다. 무서운 속도로 개미는 설탕
에서 벗어나고 있었다.

그는 그 개미가 뚜렷한 목적의식을 가지고 방을 가로질러
벽면과 방바닥이 마주친 사각의 모서리 틈 속으로 미끄러져

Sometimes on this side of the wall, sometimes on that side, at times inside a spread newspaper, and at others in a pile of dirty underwear, in various places these straggler ants were roaming around diligently. He was very curious why they would be on these lonely walks that had nothing to do with food. Their march seemed to be without any purpose.

A little while later, he came to understand the significance of their wandering. He tried dropping grains of sugar in front of an ant crawling in the middle of the bright sunlit room.

Since ants are nearsighted, it was unable to perceive this sudden windfall. Ants can see no further than a few centimeters ahead. The ant rushed forward without a thought and then found the stumbling block placed in front of it. It hesitatingly approached the sugar. Carefully feeling the grains of sugar with its antennae, it continued the investigation for a long time, though this was the very sugar that it had wandered so long to find.

Backing off and then approaching and touching it again, it circled around the sugar grains several times.

Then suddenly, probably finally convinced that this really was sugar, the ant turned its back on the pile. It left it behind at a fearful speed.

He observed the ant cross the room with a clear sense of purpose and slide into a crack between the wall and the floor.

He waited for a long time. A good while later, a pack of ants fiercely crawled out of the crack. They began to charge toward the sugar in an orderly manner. In single file and drawing a straight line.

This was how he came to learn the role of these solitary wanderers that roamed around the

들어가는 것을 지켜보았다.

그는 오랫동안 기다렸다. 아주 오랜 후 한 떼의 개미들이 구석의 틈 사이에서 맹렬히 기어 나왔다. 그들은 질서 있게 설탕을 향해 돌진하기 시작했다. 일렬로 줄을 서서 선을 일직선으로 그으며.

그는 그제서야 일정한 방향도 없이 방 안의 여기저기를 쏘다니는 고독한 방랑자들의 역할이 무엇인가를 알 수 있었다.

그들은 이를테면 수색의 임무를 띤 척후병(斥候兵)이었던 것이다. 그들은 영리하게도 전원이 모두 새카맣게 몰려 나와 먹이를 찾아 헤매는 필요 이상의 힘을 낭비하지 않고 있는 것이다. 자기들 중에 영리한 몇몇을 여기저기 파견 보내어 고독한 탐험 끝에 먹이를 찾으며 그것이 발견되면 위치를 정확히 판별한 다음 힘을 저축해 두고 있는 동료들을 불러 내오고 있는 것이다.

그것은 무서운 조직의 힘이었다.

그는 확대경을 가져다가 설탕을 향해 새카맣게 모인 개미들을 들여다보았다. 실제 크기보다 수십 배로 확대된 개미들은 검은 강철로 만든 정밀한 금속제품처럼 보였다.

자기 입보다 훨씬 큰 설탕을 꼬옥 쥐어 물로 운반하는 개

apartment without a fixed direction. They were the equivalent of reconnoitering soldiers on a search mission. Cleverly enough, ants did not waste unnecessary energy by having the entire group rush out and look for food. They dispatched some of their best and brightest in different directions, and if these ants discovered food after a lonely exploration, they discerned the exact location, and then called out their coworkers who had been saving their energy.

Such was their terrifying power of organization.

He got a magnifying glass and peered at the dark mass of ants gathered around the sugar. The ants, magnified to tens of times their actual size, looked like intricate objects made of steel.

Their mandibles, tightly biting and moving the grains of sugar that were much bigger than their own mouths, were strong and sturdy.

He used the magnifying glass to focus the light

미들의 이빨은 억세고 튼튼하였다.

그는 확대경으로 방바닥으로 몰려든 햇빛을 모아 뜨거운 불빛을 일으켰다. 확대경이 이루는 원의 크기가 점점 좁아질수록 개미들은 돌연한 열에 몸부림치며 뒹굴었다. 그리고 타 죽었다.

그는 일어나 방 안의 여기저기를 쏘다니며 먹이를 염탐하고 있는 척후병 개미들의 눈에 띌 수 있는 물건들이 어떤 것이 있는가를 살펴보기로 하였다.

그는 참을성을 가지고 모든 부분 부분을 조심스럽게 살펴보았다.

만약 그들이 원하는 먹이를 모조리 봉쇄하여 버린다면 며칠은 집요하게 먹이를 구하러 다니다가 나중에는 이곳이 먹이가 없는 황무지라는 것을 인정하고 딴 곳으로 방향을 바꿔 이사를 갈 것이 아니겠는가 하는 생각이 들었기 때문이었다.

그는 그들이 좋아하는 단 것을 뒤져 체크하였다.

설탕과 커피에 넣는 프림 병 따위도 그는 철저하게 마개를 틀어막았으며 만약 무엇이든 먹다 부스러기가 떨어질 것 같으면 철저히 쓸어버리리라 생각하였다.

falling on the floor and ignited a flame. As the circle of light formed by the glass became smaller and smaller, the ants began to squirm and roll over under the sudden heat. Then they burned to death.

He decided to get up and examine what objects might catch the attention of ants on a reconnaissance mission for food.

With great patience, he carefully inspected every area of the apartment.

This was because the idea struck him that if he sealed up and threw away all the food that they wanted, the ants might wander around for a few days, then decide that this place was a foodless wasteland and move on to a different location.

He searched out and checked all the sweet things they liked.

He tightly sealed the lid of the sugar container and even the nondairy creamer and thought that

실제 그는 당뇨병 환자의 오줌을 향해 무섭게 달려드는 개미 떼들을 본 적이 있었다. 등산을 갔을 때였다. 풀 섶에 눈 오줌은 삽시간에 더운 땅의 열기로 증발해 버렸으며 하얗게 남은 설탕기를 향해 개미들이 곤두박질을 하여서 탐닉하고 있었다.

마찬가지로 설탕기는 우리의 생활 어디에서건 조금씩 조금씩 녹아 있을지도 모른다.

바닷가의 바람 속에 녹아 있는 짠 염분이 평소에는 느껴지지 않지만 철제의 도금을 벗기고 적철(赤鐵)의 녹을 형성하듯이 자세히 살펴보면 우리들 생활의 도구들과 일용한 양식들에겐 놀라우리 만큼 많은 당분이 포함되어 있을지도 모른다.

밥을 씹어 봐라, 씹고 또 씹어 봐라. 씹고 씹으면 밥이 설탕처럼 달게 된다. 이것은 녹말의 성분이 당분으로 변했기 때문일 것이다.

어렸을 때 배운 생물 시간에 선생님은 얘기했었다.

당분은 단 것의 결정체인 설탕뿐 아니라 모든 사물 속에 녹아 있다. 우리의 혀끝엔 단 것을 구분하는 미각의 띠가 형성되어 있다. 모든 사물에 혀끝을 대어 봐라. 모든 사물은

he would thoroughly sweep clean any crumbs that he might drop while eating.

Once, he had actually seen a pack of ants wildly attack the urine of a diabetic. It was during a hiking trip. The urine excreted on the wild grass by the diabetic evaporated in moments due to the heat of the earth, and the ants rushed forward and indulged themselves in the white sugar residue.

Similarly, sugar may be dissolving little by little everywhere in our lives.

Just as the salt dissolved in the sea breeze cannot usually be felt, yet still wears down metal and causes rust, the tools used in our everyday lives and our daily provisions, when examined closely, might contain a surprisingly large amount of sugar.

"Try chewing on some rice. Keep on chewing. If you keep chewing, the rice becomes as sweet as sugar. That's because starch turns into sugar." His biology teacher when he was young used to tell them this. "Sugar doesn't only exist in solid form, but is found dissolved in all matter. There are receptors at the tip of the tongue that can discern sweetness. Touch anything with the tip of your tongue. Everything is actually quite sweet. It's true. All medicines and foods contain sugar. Cosmetics might, too. The sugar found in all things destroys our teeth and weakens our ability to chew. It also affects the digestive function and dissolves the calcium in our bones."

He decided to test the ants' power of concentration and destruction.

First, he placed a glass upside down on the lid of the sugar container to give it more weight and double protection. Then he placed all this inside the cupboard.

He thought that in order for the ants to eat the sugar, they would have to squeeze into the glass-door cupboard, crawl up the slippery wall, and slip through the airtight lid in order to transport it.

He kept a close eye on things during the night. Like a watchman looking out for a thief. Then, he got ready for work in the morning.

When he was putting on his socks, he saw a single ant crawling all by itself on the floor. He stared at it. It was so small that it looked like a piece of lint. However, it was a living creature. Not only was it alive, it was a reconnaissance soldier with the responsibility of spying, investigating, and searching out potential targets. It was a crazy beast with mandibles that summoned its comrades to carry out an attack once a target was determined.

He crushed the ant in its course with his fingernail.

Once he arrived at the office, he was preoccupied

달고 달다. 그렇다. 모든 약과 모든 음식엔 당분이 포함되어 있다. 화장품 속에라도 당분은 포함되어 있을지도 모른다.

모든 사물 속에 포함된 당분은 우리들의 치아를 파괴하며 저작(詛嚼)하는 힘을 약화시킨다. 사물을 소화하는 기능을 둔화시키며 당분은 뼈의 칼슘을 녹인다.

그는 개미가 얼마만큼 집중력과 파괴력을 가지고 있는가 시험해 보기로 하였다.

우선 설탕 종지 뚜껑 위에 무게를 주기 위해서 유리컵을 거꾸로 씌워 이중으로 보호하였다. 그리고 그것을 찬장 속에 넣어 두었다.

만약 개미가 그 설탕을 먹으려 든다면 찬장의 유리창을 비집고 들어가 매끈거리는 벽면을 기어올라서 바람 한 점 새어 들어갈 수 없는 틈 사이로 들어가야만 설탕을 운반할 수 있으리라 생각 들었기 때문이었다.

그는 밤새 모든 물건들을 주의 깊게 관찰하였다. 마치 도둑을 지키는 파수꾼처럼. 그리고 아침에 출근을 하였다.

출근하려고 양말을 갈아 신으려니까 방바닥에 개미 한 마리가 홀로 떨어져 기어다니고 있었다.

그는 물끄러미 개미를 들여다보았다. 너무 작아 개미는

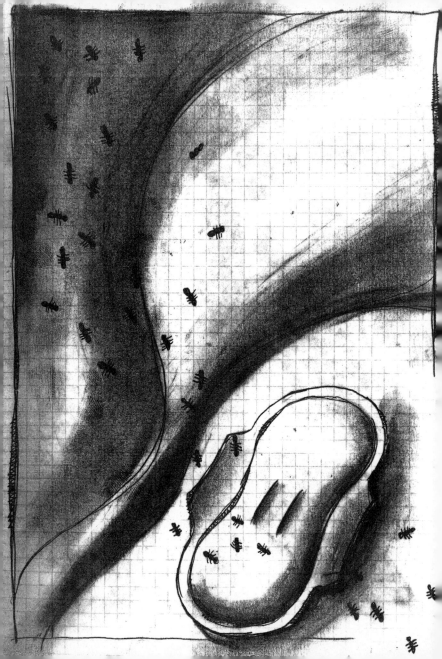

허공을 나는 먼지처럼 보였다. 그러나 살아 있는 생물이었다. 그것은 살아 있을 뿐 아니라 목표를 찾아 헤매며 염탐하며 탐정하는 수색 임무를 띤 척후병이었으며 일단 목표가 정해지면 동료를 불러 모아 공격을 감행하는 무서운 이빨을 가진 미친 짐승이다.

그는 손톱으로 달리는 개미를 눌러 죽였다.

회사에 출근하고 나서 그는 하루 종일 시달렸다. 그가 근무하고 있는 곳은 광고 회사였고, 그가 하는 일은 그에게 주문한 회사에서 신 발매하는 새로운 상품들을 선전해 주는 일체의 광고를 대행하는 일이었다.

아이디어에서 CM송, 광고 문안, 광고 필름, 그 모든 것을 거의 그 혼자서 해치워야만 하였다.

그는 모든 상품을 취급하고 있었다. 과자류에서부터 식품, 생리대, 화장품, 가구, 의복, 약품……. 그 모든 것에 대한 선전 문안을 쓰고 광고 필름을 찍고 또한 현상을 해야 했다.

주문한 사람들은 까다로웠으며 그들은 새로 만든 물건이 소비자들에게 쉽고도 강렬한 인상으로 파고들어 새 상품이 날개 돋친 듯 팔릴 것을 요구하고 있었다. 홍수처럼 쏟아져 나오고 있는 광고들의 범람 속에서 무디어진 일반 소비자들

all day. He worked at an advertising agency, and his job was to create ads for new products manufactured by the companies that contracted him. He handled the entire process by himself, from coming up with the idea and the theme song to drafting the advertisement.

He dealt with all kinds of products. For everything from snacks and other food items to sanitary napkins, cosmetics, furniture, clothing, and medicine, he had to draft the copy, as well as shoot and develop the photographs.

Those who hired him were fastidious and wanted their new products to make a strong impression on consumers, so their sales could take off. They demanded original ideas and a fresh appeal that could tempt in an innovative way consumers who had become desensitized by the flood of advertisements.

There were countless advertisements. In

newspapers and magazines, on buses, telephone poles, and the walls of buildings. Some companies even hired people to post ads for a venereal disease medicine above the toilets in public restrooms or specially made stickers advertising intercoms next to the doorbell of every house.

It was a war.

Advertising was a war.

More than paper ads, the commercials that aired on television or before the previews in movie theaters were an even bigger war.

Like a magic whistle continuously triggering human hypnosis, they cried out: eat, eat, eat, drink, drink, drink, sleep, sleep, sleep.

Those who realized too late that the way to win in business was to win the war of advertising were in a frenzy.

More novel, more provocative, and more

suggestive ads were demanded.

The biggest secret to getting through to consumers was to tap into their latent sexual impulses.

Sex was the biggest weapon in the advertising business.

All ads implicitly suggested sex in their content and composition. Selling a new fruit juice even required a standard catch phrase that would bring sex to mind and the same went without saying for cosmetics.

This time, he was racking his brain for an ad idea for a new drink from H Confectionery Company.

The first task to tackle was to capture the taste of the drink in a single phrase. It had to be short and leave a strong impression, but also had to contain symbolic meaning associated with the name of the drink.

의 눈을 새롭게 유혹할 수 있는 새로운 아이디어와 참신한 감각을 요구하고 있었다.

수많은 광고가 있어 왔다. 신문에서, 잡지에서, 버스 천정에서, 전선대 위에서, 골목의 담벼락 위에.

용의주도한 사람들은 사람들의 눈을 끌기 위해 사람들을 고용하여 성병약을 공중변소 변기 위에 붙여 놓기도 했고 스티커에 인쇄한 인터폰의 이름을 집집마다 초인종 옆에 붙여 놓기도 했다.

전쟁이었다.

광고는 전쟁이었다.

그런 정지되어 있는 광고 매체보다 텔레비전에서, 영화관에서 상영되는 움직이는 광고 매체들은 더욱더 큰 전쟁이었다.

그것들은 인간에게 쉴 새 없이 최면을 거는 마법의 휘파람 소리처럼 먹어라 먹어라 먹어라 마셔라 마셔라 마셔라 잠들어라 잠들어라 잠들어라를 외치고 있었다.

그 광고 전쟁에서 이기는 길이 바로 상업에서 이기는 길임을 뒤늦게 느낀 광고주들은 모두 혈안이 되어 있었다.

보다 참신하고 보다 선동적이고 보다 선정적인 문안이 요구되고 있었다.

In order to express the taste in words, he had to guzzle down dozens of bottles of the drink in a single day. Not only that, he also made everyone who came into the office try the drink and asked them to express their very first impression in a single phrase.

One person suggested "stimulating taste," but this had already been used by another company.

A once used expression was like a dead language.

"A sharp taste." said another. He couldn't use this one either. It gave off a metallic scent.

"An intense taste" was yet another suggestion. Again, this sounded literary, but it wasn't quite direct enough.

Since thirst was a desire akin to the sex drive, the phrase had to stimulate sexual desire and at the same time convey the sense that the satisfaction received the moment one twisted off

소비자들의 피부를 파고드는 가장 최대의 비결은 보이지 않게 인간 내부에 잠재되어 있는 섹스를 충동질하는 방법이었다.

섹스는 광고의 최대 무기였다.

모든 광고 문안의 구성과 장면은 은연중에 섹스를 암시하고 있었다.

새로 나온 과일 주스를 팔기 위해서라도 섹스를 연상시키는 문안을 고정 캐치프레이즈로 사용해야 했으며 화장품은 두말할 나위도 없었다.

그는 그즈음 H제과에서 나오는 새로운 음료수의 광고 아이디어에 머리를 싸매고 있었다.

우선 그가 해야 할 일은 그 음료수의 맛을 한마디로 정확하게 표현하는 일이었다. 그것은 짧아 한입에 발음되어질 수 있는 단어로 강렬하고 인상적인 맛의 표현이어야 했으며, 그 맛의 표현이 상품의 대명사처럼 연상되어질 수 있는 상징적 의미를 담고 있어야만 했다.

그 맛을 표현하기 위해 그는 하루에도 수십 병씩 그 음료수를 마셔 대곤 했었다. 뿐만 아니라 찾아오는 사람들에게 그 음료수를 마시게 하였으며 그리고 그 음료수를 마신 최

the cap and took a big gulp was equivalent to that of climactic release.

Many ways of expressing taste came to mind: "piercing taste," "mysterious taste," "sweet taste," "shocking taste."

He came back late to the apartment.

As soon as he walked in, he opened the cupboard, took down the upside down glass, opened the lid and looked in the sugar container.

There were ants inside. Even more were gathered than before, as if they were showing their force. Like crazy beasts, they were buried in the sugar indulging in the sweetness.

He felt his whole body tense up. He felt like ants were crawling all over him.

In real life, he had seen several instances of mentally ill patients complaining about ants crawling on their bodies. It was when he worked in the infirmary during his military service. These

초의 느낌을 한마디로 표현해 주기를 요구하곤 했었다.

'짜릿한 맛'이라고 누군가 표현하였다. 그러나 그 표현은 벌써 딴 회사에서 이미 사용하였던 맛의 표현이었다.

한 번 사용한 표현은 이미 죽어 버린 사어(死語)와 다름없었다.

'예리한 맛'이라고 누가 얘기했었다. 채택될 수는 없었다. 어딘지 금속의 냄새가 나기 때문이었다.

'강렬한 맛'이라는 의견도 나왔다. 마찬가지였다. 문학적인 의미는 있겠지만 맛의 직접적인 표현은 아니었다.

갈증은 성욕과 흡사한 욕구의 감정이므로 그 맛을 표현하면 섹스의 욕망을 자극하면서 마개를 따고 마시는 순간 마치 사정하여 방출하는 정액의 쾌감과 같은 의미와 어감까지 가미된 표현이어야만 했다.

많은 맛의 표현이 대두되었다.

'찌르는 맛' '신비의 맛' '달콤한 맛' '충격의 맛' …….

저녁 늦게 그는 아파트로 돌아왔다.

돌아오자마자 찬장 문을 열고 거꾸로 씌운 컵을 벗기고 뚜껑을 열어 설탕 종지 안을 들여다보았다.

개미는 있었다. 더 많은 개미들이 힘의 시위라도 보여주

people would bleed from cutting themselves all over with a sharp knife in an effort to kill the ants. "It itches. It itches." Could the itching caused by these hallucinatory ants crawling on their skin have been more agonizing than the pain of cutting their own flesh?

He decided to kill the ants. He filled the sugar container with water and threw the whole thing into the trashcan.

Still, there was no way he would be able to just fall asleep in that state.

Once, when he was really young, he had caught a few ants and raised them in a rectangular glass box filled with dirt. He had torn out some black paper from a scrapbook and wrapped the outside of the box, making the inside as dark as if it were underground. He had also placed some cookie crumbs on top of the dirt for the ants to eat. When he carefully peeled off the black paper after a few

려는 듯 운집해 있었다.

미친 짐승들처럼 달디단 설탕에 탐닉해서 설탕 속에 파묻혀 있었다.

그는 온몸이 죄어드는 것 같은 느낌을 받았다. 그의 몸 여기저기서 사납게 개미들이 기어다니는 것 같은 느낌을 받았다.

실제 그는 정신병 환자 중에 많은 사람들이 자기의 몸 위로 개미들이 기어다닌다고 호소해 오는 경우를 많이 보았다. 그가 군대에서 위생병으로 근무하고 있을 때였다.

그들은 그 개미들을 죽이기 위해 예리한 면도칼로 자기 피부의 여기저기를 도려내고 피를 흘리곤 했었다.

"가려워. 가려워요."

자기 살을 도려내는 아픔보다 환각의 개미가 피부를 긁어대는 가려움이 더 고통스러운 것일까.

그는 개미들을 죽이기도 하였다. 설탕까지 포함해서 그는 설탕 종지에 물을 가득히 부어 쓰레기통에 버렸다.

그러나 도저히 그대로는 그냥 잠이 들 수 없을 것만 같았다.

아주 어렸을 때 그는 개미를 몇 마리 사로잡아다가 유리로 만든 네모상자 속에 흙을 채우고 개미를 키웠던 적이 있었다.

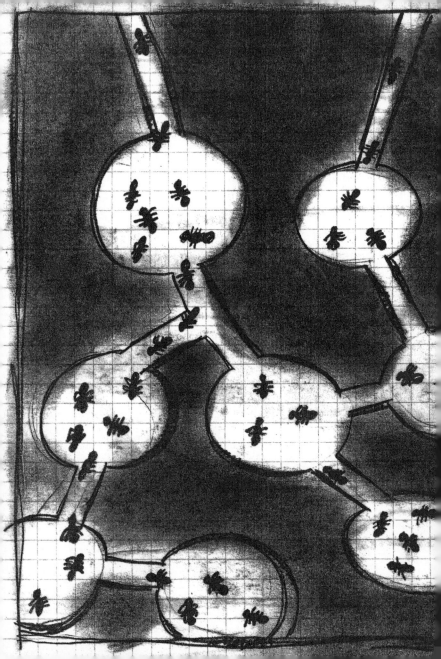

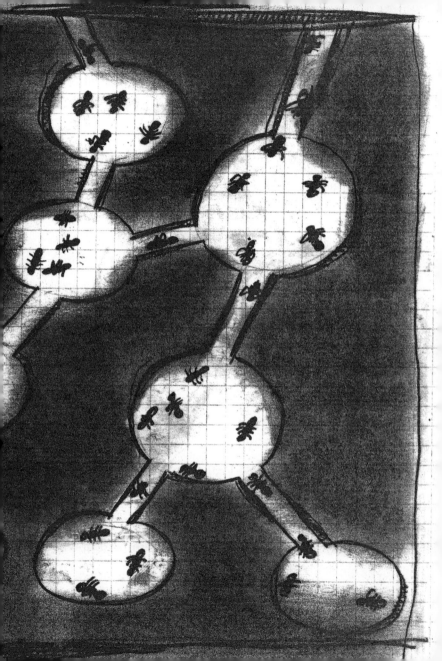

days, the maze dug by the ants was clearly visible.

It was a well-ordered system.

This memory from his childhood made him all the more fearful. It gave him chills to think that everywhere in his apartment, ants were digging here and there constructing secret web-like passageways known only to them, storing food in a safe location known only to them, laying eggs and reproducing, and forming an army to continuously attack him.

No matter how much he covered things, the ants would break through the seals with their drill-like mandibles and storm the contents.

Ants had already moved one step beyond their natural instincts and learned how convenient it is to live as parasites near humans.

Their wild nature was degenerating. The very nature of ants that used to scurry up and down

검은 앨범 간지를 뜯어 유리 상자의 겉면을 싸서 상자 안을 땅 밑과 같이 어둡게 만들어 놓고 흙 위에 개미들이 먹을 수 있는 과자 부스러기를 놓아두고 며칠을 지낸 다음 조심스럽게 검은 종이를 벗겨 보았더니 유리상자 너머로 투명하게 개미들이 파 놓은 미로가 보였다.

질서정연한 운행이었다.

그러나 그 어릴 때의 기억은 오히려 그에게 공포를 주어 왔다.

그가 살고 있는 방 어디서나 개미들이 여기저기를 파헤쳐서 그들에게만 알려진 비밀 통로를 거미줄처럼 만들어 두고 그들만이 아는 안락한 장소에 먹이를 저장해 두고 알을 키우며 번식하고 번식해서 떼를 이루고 쉴 새 없이 그를 향해 덤벼들고 있다는 느낌이 그를 섬뜩하게 하였다.

그는 숨겨도 숨겨도 감추어도 개미들은 송곳과 같은 이빨로 마개를 따고 내용물을 향해 집중적으로 덤벼들 것이다.

개미들은 이미 개미 본연의 본능에서 한 걸음 진일보하여 인간의 옆에 기생하며 함께 사는 것이 얼마나 편리한 것인가를 터득한 것이다.

개미의 야성은 퇴화(退化)되고 있었다. 그리하여 산야에

the mountain slopes and through the fields was disappearing.

Without having to pile dirt around the anthill during rainstorms, they inhabited the homes of humans, a natural refuge from both wind and rain. Leaving behind their natural instincts, they became domesticated and indulged together in the sweet things that humans themselves had come to acquire in the process of abandoning their wild nature.

He suddenly recalled the fact that wild ants bred aphids to obtain sugar.

With the sap they sucked from plants, aphids produced a sweet fluid in their body. However, they could not move by themselves. Ants took charge of this task. After the ants transported and positioned these aphids in different locations, they took in the sweet fluid by sucking on the aphids' rear ends as the fluid was excreted. Such

서 초원에서 비탈길을 달리던 개미의 야성은 사라지고 있는 것이다.

비가 올 때면 집 주위에 흙을 애써 쌓아 둘 필요도 없이 그들은 자연 비와 바람을 피할 수 있는 천연 요새인 인간의 집에 같이 서식하면서 야성을 버리고 가축화되어 버려, 인간이 야성을 버림으로써 자연 획득하게 된 단 것에 대해 함께 탐닉해 버린 것이다.

그는 문득 야성의 개미가 설탕을 얻기 위해 진딧물을 사육한다는 사실을 상기해 냈다.

진딧물은 나무의 진액을 빨아먹어 체내에서 당분을 만들어 냈다. 그러나 스스로 혼자서는 이동하지 못한다. 이 이동을 개미들이 담당한다. 나무의 진을 빨아먹는 진딧물을 개미들은 여기저기 운반하여 배치해 둔 다음 체내에서 형성된 당분이 진딧물이 꽁무니에서 흘러나올 때 개미들은 그들의 꽁무니를 빠는 것으로 당분을 취하는 것이다. 이것이 생물계의 공생(共生)인 것이다.

한여름 심한 가뭄이 다가와 물이 증발하여 어디서든 수분을 취할 수 없게 되면 개미들은 나무 위로 기어올라 매미들이 뾰족한 주둥이로 나무의 수액에 구멍을 뚫어 흘러내리는

was the symbiotic relationship of the biological world.

At the peak of summer, if they couldn't find water anywhere because of a severe drought, ants had to crawl up trees and fight to get some of the sap that locusts drank from the holes born with their sharp mouths. Now, ants no longer had to position plump aphids in different places to obtain the sweet fluid or attack locusts to get water.

They had already discarded their wild nature. They had discovered instead a much more convenient target than aphids or locusts.

This animal moved by itself and ate and drank more sugar than aphids did. Rather than excreting sugar from its rear end, it itself became sweet and provided food for them. There was no need for them to find locusts to quench their thirst. It was more than sufficient if they borrowed a small

물을 받아먹는 것을 필사적으로 덤벼들어 물을 가로채곤 하는데 이들은 이제 단 것을 구하기 위해 비대한 진딧물을 여기저기에 배치해 놓을 필요도 없거니와 물을 얻기 위해 매미를 공격하지 않아도 된 것이다.

그들은 이미 야성을 버린 것이다. 대신 진딧물보다, 매미보다 더 편리한 대상을 발견해 낸 것이다.

이 동물은 스스로 이동하며 진딧물보다 더 많은 설탕을 마시며 먹고 있으며 그리하여 이 동물은 꽁무니로 당분을 배설하는 것이 아니라 그 자체가 당분이 되어 그들에게 먹이를 제공해 주고 있는 것이다. 갈증을 채우기 위해 매미를 찾을 필요 없이 이 가공스런 동물이 마셔 대는 수분을 아주 조금만 빌려 온다고 해도 그들은 충분히 수분을 취할 수 있는 것이다.

그는 개미들에게 진딧물과 매미에 불과하였다.

그는 분노를 느꼈다.

그는 설탕 종지 부근에 아직도 많은 개미들이 서성거리고 있는 것을 보았다.

그는 그 개미들이 도대체 어디서 나오는가를 눈여겨보았다.

개미들의 행적을 좇던 그는 개미들이 일렬로 줄을 지어

amount of the water drunk by this animal.

He, in short, was nothing more than an aphid or a locust to the ants.

This made him furious.

He saw many ants still hovering around the sugar container.

He watched to see where they were coming from. Following their movements, he saw that they were crawling up the kitchen wall, forming a single line.

He looked to see where their starting point was. However, since the ants were coming up from behind the counter, it was impossible to find it without taking the counter apart.

He put his coat back on, went out into the corridor, and knocked at the apartment next door.

After a while, a woman poked her head out.

"Hello. I'm your next-door neighbor."

He lifted his hand and pointed to the door of

부엌의 벽면을 기어 올라오고 있는 것을 보았다.

그는 그들의 출발점이 어디인가를 살펴보았다. 그러나 그 개미들은 부엌의 조리대 사이에서 올라오고 있었으므로 고정된 조리대를 분해하지 않으면 그들의 출발점이 어디인가를 정확히 알아낼 수 없었다.

그는 벗었던 코트를 입고 방을 나와 같은 복도로 연하여 있는 옆집을 두드렸다.

조금 후에 여인이 고개를 내어밀었다.

"안녕하세요. 저는 바로 옆집에 살고 있는 사람입니다."

그는 손을 들어 그의 방을 가리켰다.

그는 이 여인이 그에게 맹목적인 적의를 품고 있음을 잘 알고 있었다. 그것은 혼자 사는 그가 가끔 전혀 다른 여인들을 끌고 옆방으로 들어가는 것을 주의 깊게 관찰하였음에 틀림없었다.

열린 방문 안쪽에서부터 애 우는 소리가 들려왔다.

"안녕하세요."

여인은 사무적인 미소를 띄워 올렸다.

"웬일이세요?"

"저어."

his apartment.

He knew well that this woman bore hostile feelings toward him. This was undoubtedly because she had carefully observed him bringing different women to his place from time to time.

The sound of a child crying came from inside her apartment.

"Hi."

The woman gave him a perfunctory smile.

"How can I help you?"

"I. . . ." he stuttered, "I was wondering if you have ants in your apartment."

"Ants?" the woman asked. "Do I have ants in my apartment?"

"Yes," he replied.

"Yes, we do," the woman nodded. "Do you have ants as well?"

"Yes," he swiftly continued, "there are actually thousands of them crawling around in my sugar container."

"My goodness." The woman clucked her tongue. "We have ants too. In fact, as horrible as it sounds, they even attacked my daughter while she was sleeping the other day."

"Your daughter?"

The sound of the child crying became louder.

"Yes. She fell asleep with a piece of candy in her mouth, and the ants totally covered her face and bit her."

"They bit her skin?" He felt weak. "So what did you do?"

"We took her to the hospital."

"How do you deal with them then?"

"We kill them as we see them. But there's no end to that. No matter how many you kill, they keep turning up. I heard you have to kill the queen ant to root them out entirely."

"The queen ant," he mumbled to himself.

그는 더듬었다.

"댁에서는 다름 아니라, 개미가 나오지 않습니까?"

"개미요?"

여인은 말을 되받았다.

"집에서 개미가 나오냐는 말인가요?"

"그렇습니다."

그는 대답했다.

"나와요."

여인은 고개를 끄덕였다.

"댁에서두 개미가 나오나요?"

"나옵니다."

그는 빠르게 말을 이었다.

"그것도 수천 마리가 설탕 종지 속에서 꿈틀대고 있습니다."

"원 저런."

여인은 혀를 찼다.

"저희집에서두 개미가 나와요. 글쎄, 저번엔 끔찍하게두 자는 아이에게까지 덤벼들었다니까요."

"아이에게요?"

아이 우는 소리가 커졌다.

That's right. He had heard that somewhere before. That though ants were originally a species of bees, the wings that had helped them fly high in the air had degenerated. That ants had degenerated into sterile beings that were neither male nor female, little more than worker ants from which only labor was demanded. Ants had become sterile. To gather the sugar.

There was only one queen ant that laid eggs and reproduced. In a deep place, the queen ant laid eggs basically every time she opened her eyes, and did nothing but continuously raise up these tough sterile workers. Killing the worker ants was useless. Even if they were killed, more and more were bred in a much deeper place. Only a few among them grew up to have special duties, such as the soldier ants that were forced to fight, or the male ants that performed the sexual act only once. The rest were all crazy, sterile worker ants.

"예. 사탕을 입에 물고 잠이 들었는데 개미가 아이의 얼굴에 새카맣게 모여들어선 물어뜯고……."

"살을 물어뜯어요?"

그는 맥이 풀렸다.

"그래서요?"

"병원에 갔었지요."

"그럼 아주머니 댁에서는 개미를 어떻게 하죠?"

"보이는 대로 죽이거든요. 하지만 그게 어디 끝이 나나요. 죽여두 죽여두 또 나온다니까요. 뿌리를 빼기 위해서는 왕개미를 죽여야 한다나 봐요."

"왕개미."

그는 혼잣말을 중얼거렸다.

그렇다. 언젠가 들은 적이 있다. 개미는 원래 벌 종류의 하나로서 하늘을 날던 날개는 퇴화되어 없어졌다는 것을. 또한 개미는 암컷도 수컷도 아닌 중성(中性)으로 성 역시 퇴화되어 버려 오직 일만을 강요되어 버린 일개미에 불과한 것이라고. 맞았다. 개미는 거세되어 버린 것이다. 설탕을 주워 모으기 위해.

알을 낳아 번식하는 것은 오직 단 한 마리의 여왕개미뿐

They worked so hard that they didn't even last a week. Although it might be futile to kill the worker ants, he couldn't just leave them alone, he thought.

"How do you kill them?"

"I kill them with my hand or with insecticide."

"Insecticide? Do you mean like a bug spray for flies or mosquitoes?"

"Yes," the woman nodded.

"If you have any left, would you mind lending it to me for a day?"

She laughed as she handed him the spray.

"You must really have a lot of ants."

"Yes, tons."

"It's useless to kill them."

"I can't just leave them alone, can I?"

"You have to befriend them. There's no other way but to get along with the ants. If this were an apartment that still burned coal briquettes, ants

인 것이다.

그 여왕개미는 더욱 깊숙한 곳에서 눈만 뜨면 개미의 알을 낳아 성이 거세된 기센 일꾼을 자꾸자꾸 배양시키는 일밖에 하지 않는다. 그렇다. 일개미는 죽여 봐야 소용이 없다. 죽여도 죽여도 개미는 더 깊숙한 곳에서 번식될 것이다.

그 중 몇 마리만이 특수한 임무를 띠고 일테면 싸우기만을 강요당하는 병정개미로 자라거나, 단 한번의 정사를 위해 수개미로 자라는 것을 빼어 놓고 그 나머지는 모두 거세된 미친 일개미들뿐인 것이다. 너무 일을 해서 일주일도 채 못 산다던가.

하지만 일개미를 죽이는 것이 헛되고 헛된 일이라고 할지라도 그냥 내버려 두어서는 안 된다고 그는 생각했다.

"무엇으로 죽이시나요?"

"손으로도 죽이고 살충제로도 죽인답니다."

"살충제요? 파리 모기약 같은 것 말인가요?"

"예."

여인은 고개를 끄덕였다.

"미안하지만 남은 살충제 있으시면 하루만 빌려주시지 않겠습니까?"

and other such bugs would die from the poisonous gases. It must be because our apartment uses a gas boiler."

He turned away after thanking her.

"Good luck," the woman encouraged him.

After returning to his room, he sprayed the insecticide under the counter.

Die. Die, all of you.

He sprayed every corner and crevice.

Die. Die, all of you. Die, queen ant with the nerve to have wings though you are just an ant that crawls on the ground.

He sprayed all the places where he had seen them crawling around. Since he basically sprayed everywhere he could, he felt like he himself was going to suffocate.

His neighbor's words that the ants had turned their sharp mandibles on human flesh pounded in his head.

그는 살충제를 빌렸다. 여인은 살충제를 내어 밀면서 웃었다.

"개미가 아주 많으신가 보죠?"

"많습니다."

"죽여 봐야 소용없어요."

"그럼 내버려 둬야 합니까?"

"친해야죠. 개미하구 친하는 수밖에 없죠, 뭐. 구공탄을 때는 아파트라면 구공탄 독기에 개미 따위는 쉽사리 죽어 버리는데. 아마 보일러를 때는 아파트가 되어서 그런가 봐요."

그는 인사를 하고 돌아섰다.

"잘해 보세요."

그의 등 뒤에서 여인은 격려를 했다.

방으로 돌아와 그는 조리대 밑쪽에 살충제를 뿌렸다.

죽어라. 될 수 있는 대로 많이 죽어라.

그는 방의 구석구석 벽면과 맞닿는 곳을 향해 살충제를 뿌렸다.

죽어라. 될 수 있는 대로 많이 죽어라. 그리하여 땅을 기어다니는 개미임에도 불구하고 건방지게 날개까지 달고 있

If ants gradually became dulled to the strong taste of sugar in which they madly indulged, they might train themselves to take in a new, more intense and stimulating taste.

Did ants do anything else besides eat, sleep, and work? Did they have no culture of their own? He suddenly remembered an article he had read about ants in a tropical region gnawing away at a gigantic tree and transporting it to build a tower.

Once ants realized the abundance of their food supply, they might mobilize their forces and attempt to create a culture beyond their instincts, just to confirm the fearful strength of their collective power. Moreover, they may wander around looking for a new taste.

Once, during his days in the military, he had seen a worm lying exposed to the sun. It was squirming on the dried-out earth, with dirt stuck all over it like bean powder on a rice cake. The

는 여왕개미까지도 죽어라.

그는 개미가 기어다니던 곳이면 모두 살충제를 살포하였다. 닥치는 대로 뿌렸으므로 그는 그 자신이 질식해 버릴 것만 같았다.

인간의 살을 향해서까지 날카로운 이빨을 들이대었다는 이웃 여인의 말이 뇌리를 때리고 있었다.

개미들은 그들이 미치도록 탐닉하는 설탕의 강렬한 맛에 차츰 둔화되어 버리게 된다면 좀더 강렬하고 자극성 있는 새 맛에 대한 훈련을 쌓아 갈지도 모른다.

개미들은 오직 자고 먹고 일을 하는 것 이외에는 아무 것도 하지 않는 것일까? 개미들에게는 문화가 없는 것일까? 문득 그의 머릿속으로는 열대지방의 개미들이 거대한 나무를 갉아 운반하여 개미의 탑(塔)을 만들었다는 해외 기사를 읽은 기억이 떠올랐다.

개미들은 그들 먹이의 풍요함을 자각하게 된다면 나중엔 그들 집단이 얼마만큼 무서운 힘을 가진 존재인가를 스스로 확인하기 위해서 그들의 조직을 동원하여 본능 이외의 문화를 창조하려 들지도 모른다. 또한 좀 더 새로운 맛을 찾아 헤매게 될지도 모르는 일인 것이다.

worm was dying of dehydration. During those hours of ennui, when he was just killing time standing guard, watching the sufferings of this dying worm was his only source of enjoyment. Due to the blistering sunlight and heat, the worm squirmed and shuddered all over, but what was even more disgusting was the swarm of ants that instantly gathered to torture the worm.

The ants stuck to the live worm. Tearing off parts of its flesh here and there, they tasted its fragrant blood. Every time the worm wiggled, the many ants stuck to its body were flung to the ground, but they soon got up and attached themselves to the worm again. This was the tenacious torture carried out on this living creature.

Living flesh was torn from all over its body, and the worm finally died. At this, numerous ants gathered around the dead worm, and like

그는 군대에 있을 때 공교롭게 태양에 노출된 지렁이 한 마리를 본 적이 있었다. 지렁이의 몸은 수분이 말라붙어 마른 땅바닥 위에서 꿈틀대고 있었고 흙이 떡 위에 바른 고물처럼 온 몸에 잔뜩 붙어 있었다. 지렁이는 체내의 수분 증발로 죽어 가고 있었다.

보초로 무료한 시간을 죽이고 있을 때 그 죽어 가는 지렁이의 고통을 보는 것은 시간을 보내는 유일한 즐거움이었다. 내리쬐는 태양과 열기에 지렁이는 앞뒤로 진저리를 치면서 꿈틀대고 있었는데 더욱 가증스러운 것은 어디선가 삽시간에 새카맣게 몰려들어 죽어 가고 있는 지렁이에게 고문을 가하고 있는 개미 떼들이었다.

개미들은 살아 있는 지렁이에게 달라붙고 있었다. 여기저기서 산 지렁이의 살을 뜯음으로써 피의 향기를 맛보고 있었다. 지렁이가 꿈틀거릴 때마다 몸 위로 달라붙었던 많은 개미들은 땅에 내동댕이쳐졌지만 넘어졌던 개미들은 집요하게 다시 일어나 지렁이에게 달라붙고 있었다. 그것은 산 자에 대해 행해지는 집요한 고문이었다.

산 자의 살을 여기저기 뜯어 내리고 마침내 지렁이는 죽었다. 그러자 죽은 지렁이에게 수없이 많은 개미들이 모여

messengers of death, moved it, biting and dancing in a craze.

After progressing from inanimate sugar to dead corpses, ants might finally attack even living beings. To find a "new taste." Or to display their power of organization.

They might destroy others' freedom through their language, arm themselves with their weapons, and through their capacity to organize, challenge a larger living being. That's right, he thought. Weren't there those army ants, those carnivorous ants that existed by migrating in hordes like nomads, unlike the docile, farming ants that settled in one place and tilled the land?

Army ants, a most fearful existence that moved in hordes and reduced whatever unfortunate animal they came across into a pile of bones within hours.

It had originally been the wild nature of ants to

들어 죽음의 사자처럼 지렁이를 물어뜯고 광기에 젖어 춤을
추고 그것을 운반하고 있었다.

개미는 무생물의 설탕에서 죽은 자의 시체로, 드디어는
산 자에게까지 덤벼들지도 모른다. '새 맛'을 찾기 위해서.
아니면 자기 조직의 힘을 시위해 보이기 위해서라도.

그들의 언어로써 자유를 박탈하고 그들의 무기로써 무장
을 하고 그들의 조직으로써 좀더 큰 살아 있는 것에 대해 도
전을 강행할지도 모른다. 그렇다. 그는 생각했다. '마라푼
다'가 있지 않은가. 일정한 곳을 집으로 삼아 터를 이루고
농경을 하는 유순한 개미가 아니라 유목민처럼 늘 떼지어
이동하면서 생존해 가고 있는 식육(食肉)의 개미, '마라푼
다'가 있지 않은가.

떼지어 이동하다가 운수 나쁘게 만나는 동물은 삽시간에
뼈만 남아 버린다는 가장 무서운 공포의 존재 '마라푼다'.

개미의 야성은 원래 살아 있는 자의 살을 물어뜯는 데 있
는 것이다. 그것이 점점 가축화되고 왜소화되어 유순한 성
질로 변하고 말았지만 드디어 그들은 그들의 핏속에 숨어
있는 야성과 적의를 되찾을 것이다.

그리하여 개미들은 인간을 향해 덤벼들지도 모른다.

tear off the flesh of living creatures. This nature had gradually become domesticated and weakened until they became meek and docile, but ants would eventually recover the wild and hostile nature hiding in their blood.

They might then turn to attack humans.

The next morning, when he happened to look inside the vitamin bottle to take out the daily dosage he took before leaving for work, he discovered something surprising.

The bottle was full of ants. He was so shocked that he almost dropped the bottle. The ants were gathered around a completely unexpected object.

Why in the world would they have invaded a bottle of vitamins? A moment later, he found out the reason. It was because of the sugar coating.

Even though the riddle was solved, he still felt uneasy.

If these ants that had initially targeted the sugar

다음날 아침 그는 우연히 출근하기 전에 한 알씩 먹는 비타민 병 속에서 비타민을 하나 꺼내기 위해 병 속을 들여다본 순간 놀라운 것을 발견하였다.

개미들이 비타민 병 속에 가득 들어 있었다. 그는 놀란 나머지 하마터면 그 병을 떨어뜨릴 뻔하였다.

생각지도 못했던 물건을 향해 개미들이 모여들어 있었던 것이다. 도대체 무엇 때문에 개미들이 비타민 병 속에 침입해 있는 것일까?

그러나 잠시 후 그는 그 이유가 무엇 때문인가 하는 것을 알게 되었다. 비타민의 겉면을 싼 당의(糖衣)의 당분 때문이었다.

이유가 밝혀졌음에도 불구하고 그는 별로 기분이 좋지 않았다.

비타민의 당분을 노려 침입하였던 개미가 그 당의를 벗긴 뒤에 나타나는 비타민의 여러 가지 요소, 무기질이라든가 칼슘 따위의 맛에 점점 침식해 들어간다면 그들은 새로운 맛에 길들여져서 좀더 자극적인 맛을 찾아 광란의 탐사를 시작할 것이며 또한 비타민이라는 곳에까지 침입해 버린 개미의 존재는 이미 설탕의 경지에서 진일보하여 그에게 한

coating slowly grew accustomed to the nutrients, calcium, and other elements under the coating, they might then begin a mad search for more stimulating tastes. What's more, the fact that they had invaded the vitamin bottle seemed like a warning or challenge to him that they had already progressed beyond the stage of sugar, which made him furious as he threw away the vitamins.

At the agency, he had to agonize over this idea of "taste." He wracked his brain to find an expression for the taste of the sweetened drink. Nothing groundbreaking came to mind.

He left work in the evening and began to walk up the street to catch a cab. He discovered, completely by chance, something very peculiar on the way. On the street, peddlers of various odd objects were enticing those on their way home from work.

A polish to shine rusted iron. A person selling

발짝 앞선 도전을 보낸 전조인 것만 같아 그는 비타민을 쓰레기통에 버리면서 분노를 느꼈다.

회사에 출근하여 그는 그 예의 '맛'에 시달렸다. 당분이 포함된 음료수 맛의 표현에 그는 머리를 짜고 또 짜내었다. 그러나 별 획기적인 아이디어가 떠오르지는 않았다.

저녁 무렵, 회사에서 퇴근하고 그는 택시를 타기 위해 거리를 거슬러 올라갔다. 그곳에서 그는 우연히 기묘한 것을 발견하였다. 거리에는 여러 가지 기묘한 물건들을 파는 사람들이 퇴근 무렵의 행인들을 유혹하고 있었다.

녹이 슨 철제를 반짝반짝하게 하는 광택약. 싸구려 넥타이를 파는 사람. 몇 개의 암수(暗數)가 숨겨진 장기판을 놓고 앉아 있는 사람. 사기 도박판을 벌여 놓고 사람의 시선을 끄는 야바위꾼들과 싸구려를 외치는 장사치. 보도 위엔 몇 개의 외국 잡지를 놓고 앉아 있지만 실은 주머니 속에 감추어진 춘화도를 파는 장사꾼. 말린 오징어를 구워 파는 소녀. 돌을 깨어 행인들의 시선을 끌어 모은 다음 엉터리 약을 파는 차력술사들. 그리고 그들 주위에는 그들과 한패임이 분명한 바람꾼들로 퇴근 무렵의 거리는 넘쳐흐르고 있었다.

그곳에서 그는 우연히 한 사내가 그들 장사치와 동떨어져

cheap neckties. Another playing chess with a few hidden tricks up his sleeve. Swindlers demonstrating a rigged gambling game to draw people's attention and peddlers shouting out cheap prices. A person sitting on the sidewalk displaying a few foreign magazines, but really selling the pornography that was hidden in his pockets. A young girl selling roasted dried squid. Quacks drawing a crowd by breaking large stones and then selling fake medicine. And together with the windbags surrounding them with whom they clearly formed a team, the street was overflowing.

He happened to see sitting a bit apart from those peddlers a man selling something peculiar. He was selling ants. There was no one standing around him showing any interest. The man didn't even seem to have a desire to make a sale. He was crouched over on a wooden stool, looking extremely haggard. Placed next to him was a small box, inside of which was a heap of black ants that looked like brown sugar.

Since there were so many of them, they didn't even look like ants. They looked like rice piled up in front of a granary, or more like mixed grains because of their color. Posted next to the ants was a crudely written sign: "Fire ants. Miraculous effects. Neuralgia. Back pain. Lack of virility. Women's ailments. Chills."

He stopped in his tracks and observed the man from a distance.

It was already dark, and lights were turned on everywhere on the street.

The dim light from the bare bulbs in the open market shone here and there. No one stopped to look at the ants.

He was astonished at the lonely sight of this man who was selling the very ants he had been

홀로 앉아 기묘한 것을 팔고 있는 것을 보았다. 그것은 바로 개미였다. 아무도 그 장사꾼 주위에 서서 흥미를 보이고 있지 않았다. 그는 애써 팔아야겠다는 욕망조차 없어 보였다. 조그만 목판 의자 위에 아주 초췌해서 쪼그리고 앉아 있었다. 그 사람 앞에는 작은 상자가 놓여 있었고 그 상자 안엔 검은 흑설탕과 같은 개미들이 한 무더기 쌓여 있었다.

너무 많은 개미들이 모여 있었으므로 그것이 이미 개미처럼 보이지 않았다. 그것은 싸전 앞에 놓인 쌀이나, 빛깔 때문에 잡곡처럼 보였다. 그 개미 옆엔 다음과 같은 문구가 조잡하게 씌어져 있었다.

'불개미. 신비한 약효. 신경통. 허리통. 양기부족. 부인병. 냉병.'

그는 걷던 발을 멈추고 멀찌감치 떨어져 그 사내를 쳐다보았다.

거리는 이미 어두워 있었고 거리엔 불들이 일제히 켜졌다.

시장 거리의 촉수 낮은 알전구 불빛들이 여기저기서 불을 밝혔다. 아무도 그 사내가 팔고 있는 개미 앞에서 발을 멈추려 하지 않았다.

그는 그가 며칠 간 싸워 온 개미를 상품으로 팔고 있는 사

battling for the past few days.

Usually, no one expressed the slightest interest in ants. Hadn't even the woman next door who had been victimized by the ants suggested that he befriend them, even after her own child was attacked and had to be taken to the hospital?

He had not even told his close colleagues about his battle during the past few days. If he were to tell them about the ants, they clearly wouldn't have shown any interest, or even if they had, they would have only teased him for sure.

Since every day was a battle and there were so many enemies to fight, they would have laughed it off, saying that adding ants to the list of one's foes was a form of luxury.

This man, however, had gone ahead and made a product out of the very ants he hated, even tacking up an advertisement composed of dead words.

내의 고독한 모습에 깊은 충격을 받았다.

아무도 개미에 대해 관심을 기울이는 사람은 없었다. 심지어 개미에게 피해를 입은 이웃 여인까지도 개미와 친해질 것을 권유하지 않았던가. 막상 그녀의 얘기가 개미떼의 습격을 받아 병원에 갔었으면서도.

그는 그가 며칠 동안 싸워 온 것을 친한 동료들에게도 이야기하지 않았다. 그들에게 개미 이야기를 한다면 그들은 흥미를 보이지 않을 것이 분명하였으며 설혹 흥미를 보인다 하더라도 그를 빈정대었을 것임에 틀림없기 때문이었다.

왜냐하면 실상 살아가는 나날의 삶은 전쟁이었으며, 싸워야 할 적이 너무나 많이 있었기 때문. 싸워야 할 대상 중에 개미를 더 하나 추가한다는 것을 이웃들은 정신적 사치라고 웃어 버릴 것임에 틀림없었다.

그런데 그 사내는 그가 증오하고 있는 개미를 아예 상품으로 삼고 있는 것이다. 이미 죽어 버린 사어로 광고 문안까지 써 붙이고.

개미 옆에 써 붙인 '신경통' '양기부족' 이라는 단어는 아무런 자극도 줄 수 없었다. 그것은 하릴없는 어린아이들이 영화 포스터의 영화배우 얼굴 위에 콧수염을 그려 넣는 듯

Words and phrases like "neuralgia" or "lack of virility" could not evoke any kind of response. They were nothing more than a comic gesture, like a moustache drawn by bored children on the face of an actor on a movie poster.

As unbelievable as it was, this man was selling the corpses of ants. As a kind of medicine with miraculous powers. This utterly shocked him. More than that, he felt an insuppressible curiosity regarding the skills of this man who had caught so many ants.

If he were to ask this man, he might, as an expert in catching ants, teach him a special trade secret.

He approached the man. As he did, the man glanced up at him.

"Are the ants alive?"

"No." the man replied, as if he were mournfully singing a song. "They're dead. I killed 'em."

한 코미디에 불과하였다.

믿어지지 않지만 저 사내는 개미의 시체를 상품으로 팔고 있는 것이다. 신비한 약효를 가진 약품으로. 그는 충격을 받았다. 그보다도 저렇게 엄청난 개미의 시체를 잡아 버린 사내의 놀라운 수완에 대해 걷잡을 수 없는 흥미를 느꼈다.

저 사내에게 가서 묻는다면 사내는 개미를 잡는 전문가이므로 독특한 비결을 가르쳐줄지 모른다.

그는 사내에게로 다가갔다. 그가 다가가자 사내는 흘깃 그를 올려다보았다.

"개미들이 살아 있습니까?"

"아뇨."

사내는 우울하게 노래라도 부르듯 대답했다.

"죽은 겁니다."

"죽여요? 이 많은 개미를? 어떻게 죽이는데요?"

"물 속에 쳐 넣으면 금방 죽어요."

사내는 무기력하게 말을 했다.

"이 개미를 먹습니까?"

"암요. 먹구말구요. 가루를 내어 꿀에 타 먹으면 얼마나 좋은데. 소주에 타서 먹어두 좋아요. 당귀 같은 한약하구 섞

"Killed them? How did you kill all these ants?"

"They die immediately if you shove them in water." answered the man sluggishly.

"Do you eat them?"

"Sure. If you grind 'em up and drink 'em in some honey water, they're really good for you. They're good in *soju* too. Or if you mix 'em up with some Chinese medicine like angelica root, that's even better."

"Are they clean?"

"Is there anything cleaner than ants?"

The man sifted through the ants with his hand. The dead ants gave off a bright luster in the light from the street.

"They're good plain too. You wanna sample?"

As if to demonstrate, the man shook a handful into his mouth. He then chewed and swallowed. Well, he had seen noblewomen eating ants in a movie once. What did they taste like? He still

어 먹으면 더욱 좋지요."

"깨끗합니까?"

"개미처럼 깨끗한 게 어디 있는데요."

사내는 손으로 개미의 시체를 한번 휘집어 뒤집어 보았다. 죽은 개미들은 거리에서 비친 불빛으로 반짝반짝 윤기가 흐르고 있었다.

"그냥 먹어두 좋아요. 먹어 보실라우?"

사내는 시범을 보이듯 개미 한줌을 입가에 털어 넣었다. 그는 그것을 씹어 삼켰다. 하기야 무슨 영화에선가 개미를 먹는 귀부인들을 본 적이 있다. 그것은 어떤 맛일까. 그는 기억하고 있다.

그는 어렸을 때 산야에서 개미의 항문을 입에 넣고 핥아 본 적이 있다. 그것은 매우 신맛이었다. 아이들이 학교 갔다 돌아올 때면 모두 집에 돌아가려 하지 않고 숲 속으로, 산속으로 들개처럼 쏘다녔다. 그리고 무료할 때면 그 개미들을 하나씩 잡고 누워 하늘을 쳐다보며 침이 고여 흐르도록 개미의 항문을 핥곤 했었다. 그 몸서리치도록 시디신 개미의 맛이 개미를 먹은 사람에게 약이 되는 것일까.

"왜, 사실라우?"

remembered.

When he was young, he had once stuck the rear end of an ant in his mouth and licked it. It had tasted very sour. Instead of going straight home from school, all the children used to wander in the forest and mountains like stray dogs. When they had nothing else to do, they would each grab a large ant and lie back staring at the sky, licking the ant's rear end until they began to salivate. Could that chillingly sour taste of ants work like medicine on those who ate them?

"Do you wanna buy some?"

"Sure, I'll take some."

He squatted.

"How much is one bag?"

"I sell 'em by the *geun*. It's four thousand and five hundred *won* a *geun*. I'll give you half that amount for two thousand."

That was more expensive than he had expected.

"삽시다."

그는 주저앉았다.

"한 봉지에 얼마 합니까?"

"근으로 팝니다. 한 근에 4천 5백 원. 반 근에 2천 원만 내슈."

생각보다는 꽤 비싼 값이었다. 그러나 그는 반 근을 샀다. 사내는 봉지에 개미를 담아 주면서 중얼거렸다.

"허리 아픈 데는 이게 최고라우."

"그런데."

그는 사내를 쳐다보았다. 이제 용건을 물어야 한다고 생각했으므로.

"이 많은 개미들을 도대체 어디서 잡습니까?"

"여기저기서 잡지요. 개미 중에는 불개미만 약이 되니까 불개미만 잡지요. 주로 깊은 산속에 많이 있어요. 겨울에는 개미가 있는 곳만 눈이 녹아 있어 분명히 알 수 있지요."

"어떻게 잡습니까?"

"쉽지요. 밀가루 부대 속에 꿀과 설탕을 넣어 두면 하룻밤에 가득 모이지요. 그걸 물독에 처박았다 빼면 모두 죽습니다. 그걸 햇볕에 말리는 거죠."

He bought half a *geun* anyway.

"There's nothing better for backaches." the man mumbled, as he put the ants in a bag.

"But...."

He looked at the man. He thought it was time that he got to the point.

"Where in the world do you catch all these ants?"

"Oh, here and there. It's just the fire ants that work like medicine, so they're the only ones I catch. There're usually a whole lot of 'em in the mountains. In the winter, the snow is all melted only where they are, so I can find them for sure."

"How do you catch them?"

"It's easy. If I put some honey and sugar in a flour sack, a whole sackful of 'em gather overnight. Then I dunk the sack in water, and they all die. I dry them in the sun after that."

He suddenly felt weak at the unexpected

banality of this man's secret. He took the bag of ants and stood up.

In any case, he had gained as the fruit of this encounter the knowledge that the ants he hated had medicinal effects and that their corpses were sold at a premium.

He mused over all of this as he walked.

Okay, he thought. From now on, instead of trying to drive out the ants by sealing up all the food, he would himself lure and catch thousands of them all at once.

He began to whistle. He tossed the bag of ants into a garbage can on the street.

After he got out of the taxi, he stopped by the supermarket. There he bought some bread, cookies, and sugar. They weren't for him to eat, but rather bait to lure the ants.

He took those thing back to his apartment and carefully considered whether or not he should set the trap for the ants before he went to bed by scattering the things on the floor, so that he could catch them all in the morning.

He decided that it would be better to spread the food out before he left for work in the morning and to sweep up the ants when he got back in the evening. If he were to put out the bait that night, he wouldn't be able to sleep soundly. Wondering if the ants would really come out in droves, he would probably toss and turn all night. So, he anxiously waited for morning to come.

The next day, he filled the entire room by tearing the bread into small pieces, crumbling the cookies by hand, and throwing sugar here and there as if he were scattering seed. After completely preparing the trap for the ants, he left for work.

The whole day he could not come up with any ideas. He could think of nothing else but the ants.

그는 의외로 평범한 사내의 비결에 맥이 풀렸다. 그는 개미 봉지를 들고 일어섰다.

어쨌든 그가 그 사내를 만나서 얻은 수확은 그가 증오하는 개미가 약의 효능을 가지고 있다는 사실과 그것의 시체가 비싼 값으로 팔린다는 것이다.

그는 걸으면서 곰곰이 생각하였다.

좋다.

이제부터는 내가 개미에게 먹을 것을 봉쇄하여 그들을 추방하려 할 것이 아니라 내 스스로 그들을 유혹하여 한꺼번에 수천 마리의 개미를 잡아 버리자고 생각되었다.

그는 휘파람을 불었다. 사내에게서 산 개미를 그는 거리의 쓰레기통에 버렸다.

택시에서 내려 그는 슈퍼마켓에 들렀다. 그곳에서 그는 빵과 과자 그리고 설탕을 샀다. 그가 먹기 위해서가 아니라 개미들을 유혹하기 위한 미끼였었다.

그것을 들고 방으로 들어가 그는 잠들기 전에 방바닥에 그것들을 뿌려 놓아 개미의 덫을 만들어 둘 것인가, 그리하여 내일 아침에 개미들을 송두리째 잡을 것인가를 곰곰이 궁리하였다.

그러나 그는 아무래도 내일 아침 출근길에 그것을 뿌렸다가 저녁에 돌아와서 개미들을 소탕하는 편이 나을 거라는 생각을 했다. 왜냐하면 밤에 그 미끼들을 풀어놓는다면 깊은 잠에 빠져들 수 없을 것 같았기 때문이었다. 개미들이 과연 몰려올 것인가 아닌가 하는 생각에 잠을 설칠 것만 같았다. 그래서 그는 빨리 아침이 다가오기를 기다렸다.

다음날 출근하기 전 그는 식빵을 잘게 썰고 과자들을 손으로 부수고 설탕을 파종하듯 여기저기 던져 방 안을 가득 채워 놓았다. 개미를 잡기 위한 덫을 완전하게 준비해 둔 다음 그는 회사에 출근하였다.

하루 종일 아무런 상념도 떠오르지 아니하였다. 머릿속은 그저 개미뿐이었다.

머리는 개미들의 침입을 받은 것처럼 아파 왔고 실제 저 두텁게 방어하였던 설탕 종지를 뚫고 들어가는 개미의 무서운 잡념으로 개미들이 어느새 그의 피부막 혹은 뼈마디의 좁은 구멍을 비집고 들어와 그의 머릿속을 완전히 지배하게 된 것이 아닐까 하는 느낌을 받았다.

이미 그의 내부엔 개미들이 스며들어와 내장과 피를 갉아 먹고 드디어는 그의 혼과 넋을 빼앗아 지배하고 있는 것이

His head hurt as if it had been invaded by ants, and he began to wonder if the ants that had been able to break into the tightly sealed sugar container had been able to enter his body through his skin or a small hole in one of his joints and completely take over his mind.

He felt as if they might have already seeped into his body and devoured his intestines and blood, and finally taken over, stealing his spirit and soul.

He could, in other words, be a whole human being only on the outside that was actually controlled by the spirit of the ants. Like one of the worker ants or the species of bees that had lost its wings.

With these thoughts of ants taking over his mind, he could not wait any longer. He left work early. The moment he opened the door to his room, having raced up the stairs, he saw quite a spectacle. He was so astounded that he carefully

아닐까 하는 느낌이 들었다.

그는 말하자면 개미들의 혼령에 의해서 움직여지는 외형만 온전한 인간인지도 모른다. 거세된 일개미처럼. 날개를 잃은 벌의 한 종류처럼.

그는 머리를 지배하는 개미들의 상념으로 무리해서 시간을 끌 수도 없었다. 그는 일찍 퇴근을 하였다. 서둘러 아파트 계단을 뛰어올라 방문을 열어 본 순간 그는 놀라운 광경을 보았다. 그는 너무나 놀라서 열었던 문을 조심스럽게 닫았다.

그는 충격을 가라앉히기 위해서 심호흡을 하였다. 그는 공포를 느꼈다.

차라리 이대로 이 집을 떠나 어디 먼 곳으로 도망가 버리고 싶을 정도의 공포였다.

그 방은 그의 방이 아니었다. 그 방은 개미들, 그들의 방이었다.

그는 도저히 그들의 방을 허락도 없이 열어 볼 수가 없었다.

그는 다시 아파트를 내려갔다. 어쩌자는 목적도 없이. 잘못 침입해 들어간 틈입자(闖入者)가 도망가듯이 계단을 뛰

closed the door.

He took deep breaths to calm himself. He was terrified. It was to the point that he just wanted to leave things as they were and flee somewhere far away.

That room was no longer his. It was theirs. It belonged to the ants. There was no way that he could look into their room without their permission.

He went back downstairs. He ran down as if he were a fleeing trespasser who had unwittingly intruded into the place.

Outside in the square, he saw the superintendent playing badminton with the neighborhood kids.

Whack. Swish. Whack. Swish. The bearded shuttlecock rose in the air every time it hit a racket.

He approached the superintendent, who put his racket down and turned to face him.

어내렸다.

광장에서 그는 아파트 관리인이 웃통을 벗고 동리 꼬마들과 배드민턴을 치고 있는 것을 보았다.

틱, 톡, 틱, 톡, 수염 달린 공이 라켓에 맞을 때마다 허공을 제기처럼 솟아올랐다.

그는 관리인에게 다가갔다. 관리인은 라켓을 내리고 그를 마주 보았다.

"안녕하세요."

그가 흰 이빨을 보이며 웃었다.

"개미가."

그는 땀을 흘리면서 그에게 말을 건네었다.

"개미가 방 안을……."

"개미 말씀인가요?"

관리인은 그의 말을 가로채어서 막았다.

"아파트에 개미가 좀 있긴 있습니다마는……."

"바쁘시지 않다면 내 방까지 같이 올라갑시다."

"왜요?"

관리인은 눈이 둥그래져서 그를 올려다보았다.

관리인은 조금 전에 그가 아파트로 뛰어 올라갔었던 것을

"Hello," he smiled, bearing his white teeth.

"There are ants," he began to speak, breaking out in a sweat, "there are ants in the apartment...."

"Ants?" the superintendent interrupted. "Of course there are some ants in the apartment building...."

"If you're not too busy, could you come up to my apartment with me?"

"Why?"

The superintendent looked up at him, his eyes widened.

He must have seen him run up to his apartment a little while ago. And he must have sensed that something strange might have happened when he saw him come down with a pale, ashen face.

The superintendent seemed bewildered.

"Why? Has something happened? Has there been a burglary?"

"No." He tried hard to smile. "Let's just go up

보았을 것이다. 그리고 또다시 창백하게 질린 얼굴을 하고 내려온 그를 보자 심상치 않은 일이 벌어진 것이라고 느꼈을 것이다.

관리인은 당황하고 있었다.

"왜요? 무슨 일이 생겼습니까? 혹시 도둑이라도?"

"아닙니다."

그는 애써 웃어 보였다.

"어쨌든 같이 올라가십시다."

관리인은 벗었던 복장을 입었다. 모자까지 쓰고 그들은 계단을 올라갔다.

그는 계단을 오르면서 관리인이 어쩌면 그의 방에 낯선 시체쯤 놓여 있을 것이라 불안해하고 있을지도 모른다고 생각했다. 관리인은 그의 창백하게 질린 표정에서 그런 불안한 예감을 느꼈을 것이다.

하지만 막상 그가 그의 방으로 들어섰을 때 개미들이 이루어 놓은 기묘한 광경을 보게 된다면 그는 그를 어떤 인간으로 볼 것인가. 그를 단순히 겁쟁이 아니면 괴팍한 사람으로만 단정 내릴 것인가.

그는 관리인이 자기를 미친 사람이라 여길 것이라고 생각

together."

The superintendent put his uniform back on. He put on his hat, and they began to walk up the stairs.

As they climbed the stairs, he thought that the superintendent might be uneasy wondering if there was a strange corpse or something in his apartment. He could have gotten such a sense of foreboding from his pale, ashen face.

What would he think of him, though, when he did finally step into his room and see the strange spectacle of ants? Would he simply decide that he was a coward or an eccentric?

He thought that the superintendent would think he was crazy.

With trembling hands, he opened the front door, passed through the living room and asked the superintendent to open the door to the room with the trap laid for the ants. Unable to refuse, the superintendent carefully opened the door. He stuck his head in and looked around. He let out a faint scream.

"What the heck is all this?"

The superintendent turned and looked back at him. He didn't seem as startled as he had expected.

"Ants."

"Ants?"

The superintendent swung the door wide open. He could see the room over the superintendent's shoulder.

The whole room was moving.

Oh, oh, ants, ants, ants, ants, ants, countless ants filled the room. There was not a single clear space. It was like the division of one by three, 0.333333, which continued infinitely.

How could so many ants have hidden in one place and then come out in such droves?

The inside of the room was smooth like a magic, velvet carpet. It looked like an elaborate black tapestry, woven one ant at a time, using them as strands of thread. And a continuously moving carpet at that.

Look at the dark, sheen river made from the gathering of one ant to hundreds, to thousands and millions.

It's flowing. The river of ants.

Thronging together and greedily bearing their mandibles.

Singing together, dancing and loving together, and whispering together in a language all their own.

The room was no longer his. It was theirs.

"Wow. What should we do?"

His head bowed, the superintendent stared blankly at the floor and clucked his tongue.

"Could you give me a broom? Let's sweep them

했다.

　그는 떨리는 손으로 아파트의 문을 따고 거실을 지나 개미들의 덫이 놓여 있던 방을 관리인에게 열어 주기를 요구하였다. 관리인은 할 수 없다는 듯이 방문을 살그머니 열어 보았다. 관리인은 열린 방문 사이로 고개를 집어넣어 방 안을 들여다보았다. 관리인은 가는 비명을 질렀다.

　"아니 이게 뭐예요?"

　관리인은 고개를 돌려 그를 보았다. 그러나 그는 기대했던 만큼 놀란 기색은 아니었다.

　"개미입니다."

　"개미요?"

　관리인은 방문을 활짝 열었다. 관리인의 어깨 너머로 방 안이 들여다보였다.

　온 방 안이 꿈틀거리고 있었다.

　아, 아, 개미 · 개미 · 개미 · 개미 · 개미. 수를 헤아릴 수 없는 개미들이 방 안을 가득 채우고 있었다. 어디 한군데도 빈 곳이 없었다. 마치 1/3을 소수점으로 환산하면 끊임없이 나뉘어지지 않는 0.33333333333……의 영원한 숫자 행렬로 연속되듯이.

all up."

The man stood still and pointed to the broom in the corner of the living room. The superintendent went into the room carrying the broom, dustpan, and trashcan.

He began to sweep up the ants.

The areas touched by the broom returned to the original color of the floor. As if dark flesh were being carved out, a chunk at a time.

The ants were being swept up in piles.

"Wow. This is amazing. Just amazing," the superintendent mumbled to himself as he swept up the ants. This didn't take long. He put all of the ants in the trashcan and struck the broom against the side to shake off those stuck on the bristles.

"Now, what should we do with them? We can't make soup out of them. Do you have any gasoline?"

이처럼 많은 개미가 어떻게 한곳에 숨어 있다가 일제히 몰려나온 것일까.

방 안은 마법의 융단처럼 비로드 빛깔로 번들거렸다. 한 마리의 개미씩 올을 삼아 정교한 검은 카펫을 깔아 놓은 것만 같았다. 그것도 쉴 새 없이 움직이고 있는 카펫을.

저 한 개의 꿈틀거림이 모이고 모여 수천을 이루고 수만을 이루고 수억을 이루어 빚어낸 검은 윤기 있는 강을 보라.

흘러가고 있다. 개미들은.

한꺼번에 몰려나와 탐욕스런 이빨을 세우고.

그들끼리 노래하고 그들끼리 춤추며 사랑하고. 그들끼리만 통하는 언어를 속삭이면서,

그 방은 내 방이 아니었다. 그들의 방이었다.

"하하, 참 이걸 어떻게 한다?"

관리인은 우두커니 고개를 숙여 방바닥을 내려다보면서 혀를 찼다.

"빗자루 좀 주시겠어요? 모조리 쓸어 담읍시다."

그는 우뚝 선 채 거실 한 구석에 있는 빗자루를 가리켰다. 관리인은 빗자루와 쓰레받기 그리고 쓰레기통을 들고 방 안으로 들어갔다.

"There should be some kerosene over here."

He got up and unplugged the fuel can next to the kerosene stove.

"I can do that."

"What are you going to do?"

"Let's burn them all up."

He stared blankly at the trashcan. It was about half full with swarming ants. He looked away.

"Let's just throw them out. Instead of burning them."

The superintendent laughed.

"Where would we throw them away? We have to burn them all."

The superintendent tilted the gas can and poured the kerosene into the trashcan. He seemed to take pleasure in taking life. He carried the trashcan out to the balcony.

The moon shone above. There was a sudden burst of flames.

그는 개미를 쓸어 담기 시작하였다.

빗자루가 묻어난 자리는 본래의 방바닥 빛깔로 돌아오고 있었다. 검은 근육이 한 점씩 베어져 나가듯이.

개미들은 무더기로 쓸어 담기고 있었다.

"하하. 굉장하구나, 굉장해."

관리인은 개미들을 쓸어 담으면서 혼잣말로 중얼거렸다. 오래 걸리지는 않았다. 관리인은 개미들을 쓰레기통에 모조리 담고 빗자루에 묻은 개미들을 털기 위해 빗자루를 세워 쓰레기통에 부딪쳤다.

"자 이걸 어떻게 하죠? 국을 끓여 먹을 수도 없구. 휘발유 좀 있으세요?"

"석유가 있을 거예요."

그는 일어서서 석유곤로 옆에 세워 둔 석유통 마개를 벗겼다.

"제가 하죠."

"뭐 하시게요?"

"태워 버립시다."

그는 망연히 쓰레기통을 내려다보았다.

쓰레기통엔 반 정도 차 오른 개미들이 밀집해 있었다.

그는 고개를 돌렸다.

"버립시다. 태우지 말고."

관리인은 웃었다.

"이걸 어디다 버립니까. 모조리 태워 버려야지."

관리인은 석유통을 기울여 석유를 쓰레기 통 속에 부었다. 그는 살생을 즐기는 눈치였다. 관리인은 발코니 쪽으로 쓰레기통을 들고 갔다.

발코니 위로 달이 보였다. 불길이 돌연 솟아올랐다.

"놀랐을 게다. 불에 타 죽는 팔자인지 몰랐을 게다."

불빛은 금세 타올라 곧 스러졌다. 재도 남기지 않고.

그는 뜨거워진 쓰레기통을 면장갑을 끼고 들고 와 원 위치에 놓았다.

"됐습니다."

그는 어깨를 으쓱거렸다.

"이젠 개미라고는 씨알머리도 없을 것입니다. 놀라셨죠. 헛허허."

관리인은 의기양양하게 사라졌다.

침묵이 왔다. 죽은 자의 정적과 같은 침묵이.

그는 쉽사리 잠을 이룰 수가 없었다.

"They were probably shocked. They probably had no idea it was their fate to burn to death."

The flame died down right away, not even leaving any ashes. He then put on some work gloves and carried the hot trashcan back to its original place.

"It's all taken care of."

He shrugged his shoulders.

"Now there shouldn't be a single one of them nasty ants. You were pretty shocked, right? Ha ha ha."

The superintendent left triumphant.

A silence fell. A silence like the stillness of the dead.

He could not fall asleep easily.

He made himself a cup of coffee and felt restless until late into the night, deep in a silence that he had not tasted for a while, a silence like sawdust. When he did finally fall asleep, he suffered from nightmares the whole night.

In his dream, he was burned at the stake.

3

Although dreaming about fire is generally considered good luck, his head was far from clear when he awoke in the morning. This was the obvious result of having drifted in and out of sleep the whole night.

He ate some eggs and drank a glass of milk before work. Just then, he saw the coffee and the sugar container that he had left out on the table the night before.

He cautiously picked up the sugar container with the open lid and looked inside.

The sugar sparkled with pure white beauty.

He felt relieved.

Now, he felt reassured that it would be safe to release all of his possessions from strict supervision. Now, he could drop some sugar if he wanted or carelessly leave a half-eaten apple lying around. Now, no one was watching, observing, or trying to attack him.

I'm a free man. I'm free of the shackles. I've been liberated. I've taken my room back from them. They've raised the white flag. I can forgive them now. Since the sugar left out last night with the lid open is intact.

He left for work. But that day as well, he could not come up with a single phrase to capture the taste of the drink.

The client became agitated, demanding to know what was going on. He felt the impulse to shove the drink bottle backwards into the client's mouth.

Drink. Drink it.

혼자 커피를 끓여 마시고 늦게까지 오랜만에 맛보는 톱밥과 같은 침묵에 빠져 설레었다. 겨우 잠이 들었을 때는 밤새 악몽에 시달렸다.

꿈속에서 그는 불에 처형당하였다.

3

꿈에 불을 보면 길조라고들 하지만 아침에 일어났을 때는 머리가 맑지 못하였다. 밤새 옅은 잠에 들었다 깨었다 했으므로 당연한 결과였다.

그는 출근하기 위해 우유와 달걀을 먹었다. 그때 그는 간밤에 마시고 함부로 방치해 둔 커피와 설탕 종지가 탁자 위에 놓여 있는 것을 보았다.

그는 조심스레 뚜껑까지 열려져 있는 설탕 종지를 들고 그 안을 들여다보았다.

설탕은 순백의 아름다움으로 반짝이고 있었다.

그는 안심했다.

이제는 모든 감시의 끈에서 그의 물건을 해방시켜 놓아도

He felt the urge to scream and shout and shove a bottle into his mouth.

Drink. Drink. Drink it.

He wanted to shove a bottle into each of the mouths of the countless people outside his window rushing toward their destinations like a horde of ants and hypnotize them by shouting at the top of his lungs.

Drink. Drink. Drink it.

He returned to the apartment late that night. He got out of the taxi at the square and walked toward his building.

The enormous apartment buildings stood in the darkness, emitting light from within. They looked like huge towers.

From time to time, he could make out the shapes of people moving inside in the bright florescent light. They probably had no idea about the maze the ants had constructed in the

괜찮을 것이라는 안도감이 들었다. 이젠 마음대로 설탕을 흘릴 수 있으며 사과를 함부로 베어 먹다 던져두어도 무방하다. 이젠 아무도 그의 곁을 노리고 감시하고 공격하려 하지 않는다.

나는 자유인이다. 나는 속박에서 풀려났다. 나는 해방되었다. 나는 내 방을 그들로부터 빼앗았다. 그들은 백기를 들었다. 나는 이제 그들을 용서할 수 있을 것이다. 간밤에도 뚜껑이 열려 방치된 설탕이 무사하였으니.

그는 회사로 출근하였다. 그러나 그날 하루도 새로운 음료수의 맛을 상징시켜 나타낼 수 있는 단 한마디의 표현을 발견해 내지 못하였다.

광고주는 어떻게 된 일이냐고 그에게 신경질을 부렸다. 그는 광고주의 입에 음료수병을 거꾸로 처박아 버리고 싶은 충동을 받았다.

마셔라, 마셔.

그는 광고주의 입에 음료수병을 처박고 소리쳐 외치고 싶은 충동을 받았다.

마셔라, 마셔. 마시라구.

창밖의 거리로 수없이 목표를 향해 질주하는 개미 떼와

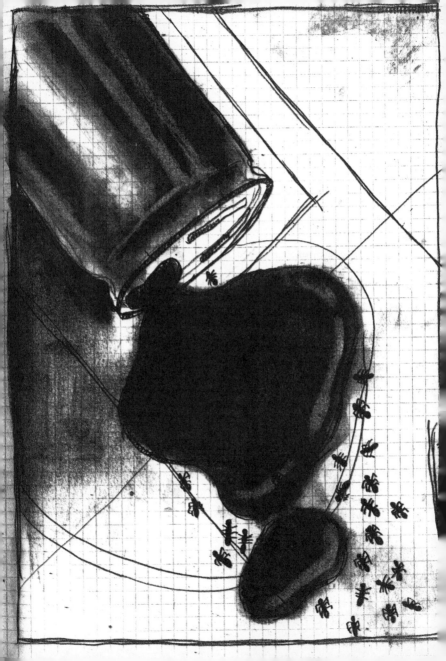

같은 사람들 입에 모두 한 병씩 음료수병을 처박고는 소리
를 고래고래 질러 최면을 걸고 싶은 욕망을 느꼈다.

마셔라 마셔. 마시라구.

저녁 늦게 그는 아파트로 돌아왔다. 광장에서 택시를 내
리고 그의 방이 있는 아파트 동까지 걸었다.

어둠 속에 거대한 아파트들이 내부의 불을 밝히고 서 있
었다. 그것은 거대한 탑처럼 보였다.

간혹 밝은 형광 불빛 속에 움직이고 있는 사람들의 모습
이 보였다. 그들은 그들이 살고 있는 사람들의 모습이 보였
다. 그들은 그들이 살고 있는 골조 건물 사이에 형성된 개미
들의 미로를 모르고 있을 것이다.

그들이 살고 있는 방은 그들의 방이 아니며 그 방은 그들
이 만든 방이 아니었다. 그것들은 개미들이 쌓아올린 거대
한 탑이었다. 그것은 무너뜨릴 수 없는 거대한 탑이었다. 개
미들의 신전(神殿)이었다.

그는 그의 방으로 돌아왔다.

아침에 마시다 남은 커피 잔 속으로 새로운 개미들이 새
카맣게 몰려 있었다. 그러나 그는 기대했던 것 이상으로 놀
라지 않았다. 설탕과 커피를 새로운 개미들은 더 무서운 기

structures of the buildings where they lived.

These apartments were not theirs, nor were they made by them. They were part of the huge tower built by the ants. It was a tower that could not be torn down. It was the holy temple of the ants.

He returned to his apartment.

A dark throng of new ants were gathered inside of the coffee cup left out from the morning. He was not as surprised as he might have expected. The new ants were indulging in the coffee and sugar with even more frightening vigor.

There were more gathered on the flowers of the plant that he cherished. The petals were wilting. Due to the attack of the ants.

He noticed swarms of ants here and there. The clock on the wall was already dead. The ants had gathered behind the glass cover and were halting the clock's movement. They darkly covered the hour and minute hands and the face of the clock.

세로 탐닉하고 있었다.

뿐만 아니라 그가 아끼던 화분의 꽃들 위에도 개미들이 새카맣게 몰려 있었다. 꽃은 시들어 가고 있었다. 개미들의 공격에 의해서.

여기저기 개미들의 군집이 눈에 띄었다. 벽시계는 죽어 있었다. 시계의 유리칸막이 너머로 개미들이 모여 시계의 작동을 정지시키고 있었다. 시계의 분침과 시침에는 개미들이 까맣게 모여 있었고 숫자 판을 뒤덮고 있었다. 마치 시간을 갉아먹기 위해 모인 것처럼.

그는 놀라지 않았다. 이제는 그들의 차례가 온 것이라고 그는 생각했다.

새삼스레 적의도 솟아오르지 않았다.

그들은 이제 차례차례 점령해 올 것이다. 너는 그것을 잊어서는 안 된다.

그는 자기가 그들에게서 벗어나려 했던 지난 며칠 간의 싸움이 얼마나 부질없는 것인가를 느꼈다.

이제는 그들과 화해하는 일이 남아 있다고 그는 생각했다. 이제는 그들에게 내가 백기를 들어야 한다고 그는 생각했다. 그들을 사랑해야 한다고 그는 결정을 내렸다.

It was as if they had gathered to gnaw on time itself.

He was not surprised. He thought it was their turn now.

At this point, he didn't even feel any animosity toward them.

They would gradually come to occupy the room. He must not forget that.

He realized the utter futility of his battle to escape from them during the past few days.

Now remained the task of reconciling with them, he thought. Now he must wave the white flag. He decided that he had to love them.

He threw off all his clothes.

He filled the bathtub with water and poured in all the sugar he had in the apartment. An enormous amount of sweetened water filled the tub. Thinking that he needed to mix it well, he stuck in his arm and began to stir. When he

그는 옷을 모두 벗어 던졌다.

욕조에 물을 가득 채우고 그 물 속에 그가 가지고 있는 모든 설탕을 가득 부었다. 거대한 설탕물이 욕조 안에서 형성되었다. 잘 섞어야 한다고 생각했으므로 팔을 물 속에 넣어 휘둘러 저었다. 그리고 손가락으로 찍어 맛보았더니 그 많은 물의 양에도 불구하고 쏟아 넣은 설탕의 양이 엄청났으므로 매우 달았다.

그는 만족했다.

그는 벌거벗은 몸으로 설탕을 휘젓는 스푼처럼 뛰어들었다. 물은 설탕을 포함하였기 때문에 중유(重油)처럼 끈적이었다.

그는 설탕의 당분이 그의 피부 속을 고루고루 침투해 주기를 기대하였다.

그는 설탕에 절이는 생강처럼 될 수 있으면 움직이지 않고 설탕이 그의 몸을 향해 스며드는 것을 지켜보았다. 오래 걸리지는 않았다.

그는 떨어지는 물을 수건으로 닦으려 하지 않고 그냥 체온으로 말렸다. 그러자 마른 몸 부분 부분에서 하얗게 서리가 앉아 설탕의 각질이 침전되어 보였다.

dipped his finger and tasted the water, he found that despite the large volume, the amount of sugar he had poured in was so immense that the water was very sweet.

He was satisfied.

He jumped into the water naked like a stirring spoon. Because of the sugar, the water felt sticky like oil.

He expected the sugar to evenly penetrate his skin. He tried not to move, as if he were a piece of marinating ginger, and watched the sugar seep into his body. It didn't take long.

He didn't towel off the dripping water, but let it dry naturally. He could see then on parts of his dry body a white, frosty sediment of sugar.

He carefully walked back and lay down in the very room that had been infested with the millions of ants he had killed yesterday. Then he waited.

그는 조심스럽게 걸어 방으로 돌아가서 이제 그가 죽였던 수억 마리의 개미들이 들끓던 방 안에 누웠다. 그리고 그는 기다렸다.

이제 그들이 모여들 것이다.

저 감추어진 구석구석에서.

처음엔 조심스레 한 마리의 척후병이 다가와 그의 몸에 발라진 설탕의 당분을 발견할 것이다. 비타민의 당의를 탐하던 날카로운 감각으로.

그리하여 그 수색임무를 띤 개미는 자기의 소굴로 돌아가 그들만의 언어로 소리쳐 불러내고 춤추며 노래하면서 그의 주위로 축제처럼 몰려들 것이다.

그리고 그의 몸 주위에 침전된 설탕을 뜯어내려 할 것이다. 그러나 설탕은 그의 몸 위에 엷은 한 꺼풀의 층을 형성한 것이 아니라 그의 피부 속에 숨어들어 있음을 알게 될 것이고 그런 뒤에는 그 숨겨진 설탕을 취하기 위해서 마침내 살갗을 파고들 것이다.

그들은 잊어버렸던 야성을 되찾게 될 것이다. 육시의 개미들처럼.

그리하여 개미들은 그의 몸 자체가 설탕으로 절여진 거대

Now they will gather.

From the hidden corners.

Initially, one reconnoitering soldier ant will carefully approach him and discover the sugar rubbed on his body. With the very same sharp senses that devoured the sugar coating on the vitamins.

This ant on a search mission will then return to its nest and call the others out with loud shouts in their own language, and they will come to him in droves, dancing and singing in celebration.

They will try to take off the sediment of sugar on his body. But when they realize that the sugar doesn't just form a thin layer on his body, but is hidden inside his flesh, they will finally dig into his skin to get at that hidden sugar.

They will recover their forgotten wild nature. Like the carnivorous ants.

And thus they will discover that his whole

body is a gigantic piece of food marinated in sugar.

This will be the taste they are seeking, their discovery of a "new taste." They will taste his fragrant, flowing blood.

All that may remain of him the following morning might be his skeleton. He would not regret it though.

Because he would have made his peace with them by becoming their sacrificial offering.

Little by little, he began to hear the footsteps of a six-legged beast coming from the other side of the wall.

He finally felt relieved.

한 먹이임을 발견하게 될 것이다.

그것은 그들이 찾는 맛이며 '새로운 맛'의 발견이 될 것이다. 그들은 흘러내리는 향기로운 피의 냄새를 맛보게 될 것이다.

어쩌면 다가오는 아침에는 그는 백골만 남을지 모르는 일이다.

하지만 그는 후회하지는 않을 것이다.

왜냐하면 그가 스스로 그들의 제물(祭物)이 되었으므로.

그들과 화해한 것이므로.

보이지 않는 벽면에서 여섯 개의 발을 가진 짐승의 발소리가 조금씩 들려오기 시작했다.

그는 비로소 안심했다.

최인호 단편 소설 『개미의 탑』 해설

On Choi In-ho's short story, *Tower of Ants*

『개미의 탑』은 집안의 개미들 때문에 고생하는 한 남자의 이야기를 통하여, 조직 사회의 일원이 되어 개미처럼 살아가는 현대인의 삶을 우울하게 보여준다. 현대인들은 어떤 면에서 각자의 개성과 자유를 억압당한 채, 거대한 조직의 기능적인 구성원이 되어 살아간다. 똑같은 모습으로 일사분란하게 잠시도 쉬지 않고 단 것을 찾아서 모으는 개미들처럼, 사람들도 비인간적인 조직의 질서 속에서 돈과 쾌락을 얻기 위해 질주한다.

광고 회사에서 카피라이터로 일하는 한 독신 남자가 있다. 그는 최근 새로운 음료수 광고 때문에 심한 스트레스를 받고 있다. 카피라이터는 기업이 상업 전쟁에서 승리하기 위해 고용한 '척후병' 개미와 같다. 그에게는 소비자들의 욕망이 있는 곳을 찾아 내고 부추겨서 그 소비자들을 상품 주위로 몰려드는 '개미들처럼' 만들 임무가 있다. 그는 은밀하게 성적 욕망을 자극하고 성적 쾌감을 불러일으키는 카피를 만들어내어야 하지만 잘 되지 않는다. 그러던 어느 날 남자는 자신의 아파트에 개미들이 있다는 사실을 우연히 발견한다. 처음엔 그냥 무심코 넘기지만, 개미들은 그의 아파트 구석구석에서 나타나 그를 괴롭힌다. 개미를 없애 보려고 노력하지만 개미는 끝없이 몰려든다. 회사에서는 광고 문안을 만드느라 시달리고, 집에서는 개미와 싸우느라 시달린다.

남자는 개미와 싸우는 과정에서 단것을 수색하는 척후병 개미가 있다는 것과 그개미가 알려준 단것을 향해 개미가 떼로 몰려 나온다는 것을 알게 된다. 남자는 겉보기에 혼란스런 개미들의 움직임에도 '질서정연한 운행'이 있고 또 '무서운 조직의 힘'이 있다는 것을 알고 놀란다. 개미는 원래 벌의 한 종류였지만 날개가 퇴화되고 성 역시 퇴화되어 오로지 일밖에 모르는 '거세된 일개미'가 되었다거나, 또 개미는 본능과 야성을 잃어버리고 인간의 집에 같이 살면서 '가축화'되고 '왜소화'되었다는 사실도 남자는 알게 된다. 그런가 하면, 열대 지방의 개미떼들이 나무를 갉아 탑을 만들었다는 '개미의 탑'에 관한 해외 토픽 기사를 떠올리며 개미가 '조직을 동원하여 본능 이외의 문화를 창조하려 들지도 모른다.' 고 생각한다.

이러한 개미의 모습은 현대인들이 살아가는 모습과 별로 다르지 않다. 개미가 단 것을 향해 돌진하듯이, 사람들은 쾌락을 위해 돌진한다. 남자가 설탕으로 만들어진 듯한 여자의 몸을 탐하는 모습은 개미가 단것을 탐하는 모습과 일치한다. 또 살아있는 지렁이에게 달라붙어 지렁이의 살을 뜯는 개미들의 모습에서도 인간사회의 모습을 엿볼 수 있다. '원하는 목표를 향해 질주하고' '조직의 힘으로 시위하는' 것은 인간이나 개미나 마찬가지다. 개미의 조직과 질서는 인간 사회의 조직과 질서와 다를 바 없으며, 야성을 잃어버리고 일만 하는 일개미의 모습은 직장 생활에 매인 사람들의 모습을 연상케 한다. 인간 사회의 문명이란 '본능 이외의 문화'를 창조한 '개미의 탑'에 불과한지도 모른다. 그렇다면 남자가 개미와 싸운다는 것은 그러한 개미와 같은 존재가 되기를 거부하는 행위라고 할 수 있다. 그러나 남자는 어떤 방법으로도 개미를 막을 수가 없다. 성적 쾌락을 탐하고, 광고주의 요구로 자극적인 광고 문안을 만들기에 허둥대야 하고, 조직의 질서에 갇혀서 야성을 잃어야 하는 남자의 삶이 곧 그 자체로 개미의 삶과 같기 때문이다. 이런 점에서 남자가 개미에게 자신의 방을 빼앗기는 것은 당연하다. 작품의 마지막 장면에서 남자는 자기 방을 빼앗은 개미들을 보면서 그들과 화해하고 그들을 사랑해야겠다고 결심한다. 남자는 자신의 온몸에 설탕물을 바르고 누워서는 개미들의 제물이 되고자 한다. 개미와 한몸이 된다는 생각 속에서 남자는 편안함을 느낀다는 것은, 그가 조직과 사회가 요구하는 개미와 같은 삶에 순응할 수 밖에 없음을 뜻하기도 한다.

『개미의 탑』은 한 광고 회사원이 개미와 싸우다 개미가 되어버린다는 그로테스크한 우화를 통해 조직 사회에서 살아가는 현대인의 개미와 같은 삶을 깨우쳐 주는 작품이라고 할 수 있다.

Through the story of a man who battles ants in his apartment, *Tower of Ants* paints a bleak picture of the ant-like existence of members of modern society. It shows how humans have lost their individuality and freedom, living as mere, functional components of a massive structure. Like the ants that unceasingly search out and gather sweet foods in a uniform and orderly manner, humans rush forward in pursuit of money and pleasure according to the order of an inhuman structure.

The story revolves around a single man who works as a copywriter at an advertising agency. The protagonist, who remains unnamed throughout the story, is under much stress because of an advertisement for a new drink. A copywriter, much like a "reconnoitering soldier" ant, is one who is hired by companies to win battles in commercial warfare. It is his job to identify and stimulate the desires of consumers, making them rush in droves "like ants" to buy specific products. For this purpose, he has to produce ads that subtly arouse people's sexual desires and promise satisfaction. This copywriter, however, suffers from a mental block and is unable to come up with a fresh and new idea. It is during such a dry spell that he discovers ants in his apartment. He casually dismisses them at first, but the ants begin to emerge from all corners of the apartment and to torment him. He tries to get rid of them, but they continue to come out in droves. At work, he struggles with the advertisement, and at home, with the ants.

In the process of battling the ants, the man learns that there are certain reconnoitering soldier ants that search out sweet foods and inform the other ants upon discovery, causing them to rush out to devour the found goods. He is astonished when he realizes that there is a kind of "order" as well as "a terrifying power of organization" in the ants' movements, which seem quite chaotic on the surface. He considers how ants used to be a species of bees before their wings degenerated and they became asexual "sterile worker ants" that do nothing else but labor. He also reflects on the process by which ants lost their wild instincts and gradually became domesticated as they began to live alongside humans. This, in turn, causes him to recall an article he once read about ants living in tropical regions gnawing on trees and building a "tower of ants," which leads to the speculation that the ants "might mobilize their forces and attempt to create a culture beyond their instincts."

The image of the ants presented in the story is very similar to that of humans living in modern society. In the same way that the ants charge toward sweets, humans charge toward pleasure. The scene in which the protagonist lusts after the woman's body, which seems to be made of sugar, is comparable to that of the ants indulging themselves in the sugar. Another picture of human society is vividly captured in the section where the ants latch themselves onto a living worm, tearing off its flesh. Humans and ants are also equated in the way they "rush ahead toward their desired goal" and "display their power of organization." In short, the structure and order of the world of ants is shown to be no different from that of human society. The worker ants, which have lost their wild nature and exist only to work, are like human beings who are chained to their jobs. All of this suggests that human culture might be nothing more than a "tower of ants" created as a "culture beyond instinct."

If this is the case, the protagonist's battle with the ants can be interpreted as his resistance to being reduced to their level. In the end, however, he is unable to get rid of them, regardless of the method he uses. This is because his life—his lusting after sexual pleasure, his struggles to produce provocative advertisements, and the domestication of his wild nature through his entrapment in an ordered structure—is basically the same as that of the ants. It is inevitable, then, that the man has to cede his place of dwelling to the ants. In the last scene of the story, he comes to the realization that he needs to love the ants and to be reconciled with them. He thus attempts to offer up his body as a sacrifice. That the protagonist finally feels at peace as he thinks about becoming one with the ants suggests that he cannot help but submit to the ant-like existence demanded by the surrounding social order.

A grotesque allegory about a copywriter at an advertising agency who battles ants and finally becomes one with them, Choi In-ho's *Tower of Ants* awakens readers to the ant-like existence of humans living in the modern social structure.

이남호 · 문학평론가, 고려대학교 교수
Lee Nam-ho · Literary Critic and Professor at Korea University

'개미의 탑'에 드리는 제단
A Sacrifice Made to the 'Tower of Ants'

일러스트레이터 이준희와의 작업은 의외로 명쾌하게 결론이 났다. 소설 속에서 개미와의 집요한 싸움의 소재로 등장하는 것들을 집요하게 늘어놓는 일을 위해 테크닉보다는 본질에 충실한 그림이 되기를 원한다는 것, 공들여 완성한 그림보다는 원초적인 스케치 상태의 그림이 훨씬 이와 같은 명제에 부합하고 있다는 것—그것이 우리가 함께 결론 지은 표현의 미니멀리즘이었다. 원래는 팔과 다리를 모두 해체하여 개미에게 제물로 내어주겠다는 프란시스 베이컨 (Francis Bacon)식의 그로테스크한 초현실적 추상표현주의를 계획하기도 하였지만 우리가 '초현실'을 즐기는 동안 자칫 소설이 말하고자 하는 적나라한 '현실'과의 투쟁을 외면하게 될 것 같아서 이 부분은 표지를 위한 강렬한 설정에서만 반영하기로 하였다. 팔과 다리가 얽혀 먹느냐 먹히느냐의 투쟁 중에 있는 남자와 개미의 초상이 바로 그것이다.

한 마디로 요약해서, 개미와의 집요한 싸움을 그림으로

옮겨 가는 일은 개미군단의 일방적인 승리를 확인해 주는 일로서 그것은 남자의 일용할 양식에서부터 은밀한 생활의 영역에 이르기까지의 소재를 총망라한다.

그러나 마지막 보루였던 '나' 자신마저를 제물로 내어 놓는 일은 자세를 달리해야 하는 일이 분명했을 것이다. 그것은 침략에 의한 점령이 아닌, 화해를 위한 순응의 보다 적극적인 행위로 분류되어야 하기 때문이다. 이 과정에서 이준희의 그림 속 남자의 얼굴에 '부처'와도 같은 표정이 드러났다는 것은 작업을 통한 의외의 초월이었음을 고백하지 않을 수 없다. 대상과 나 사이의 경계를 없애는 순간 그곳에는 침략도 점령도 아닌 평화만이 존재한다는 것, 그것이 순리를 가장한 패배라 할지라도 남자가 평안을 찾기위해 선택할 수 있는 대안은 없었을 것이라는 점을 굳이 캐지 않는 부분까지를 포함하여 그것은 모두 '초월'이었을 것이다.

Illustrator Jacob Junhee Lee's project concluded in an unexpectedly clear and refreshing manner. In order to relentlessly portray the unending battle with the ants throughout the story, it was determined that the drawings should be more faithful to the original essence than to technique, and that primitive sketches rather than painstakingly completed pictures would be more appropriate. What was agreed on was a form of minimalist expression. Although a kind of grotesque, surreal, and abstract expressionism had originally been considered, which would have entailed visually tearing apart the man's arms and the legs to offer as a sacrifice to the ants, it was decided that this indulgence in the "surreal" would detract from the struggle with naked "reality" emphasized in the story. This style was therefore only reflected in the strong cover illustration, as is apparent in the portrait of the man and the ant with their arms and legs entangled in a kill-or-be-killed struggle.

In other words, the work of transforming the tenacious battle with the ants into illustrations had to confirm the ants' unilateral victory, which encompassed everything from the man's daily portion of food to the realm of his private life. It was clear, however, that the offering of the "self," the last fortress, as a sacrifice required a completely different approach. This act had to be distinguished as a positive act of submission for the sake of reconciliation rather than acquiescence to an aggressive occupation. In an unexpected moment of transcendence, the man in Junhee Lee's pictures finally came to take on the expression of a "Buddha." The fact that the very moment that the boundary between the Other and the self is removed, there exists neither aggression nor occupation, but only peace, as well as the idea that though this may merely be defeat disguised as reason, other possible means to bring about such a peace are never even suggested, all qualify as forms of "transcendence."

이나미 · 북프로듀서, 크리에이티브 디렉터/스튜디오 바프
Rhee Nami · Book Producer and Creative Director at Studio BAF